CAMINO A TENOCHTITLAN

Joaquín Guerrero-Casasola

CAMINO A TENOCHTITLAN

mr

© 2024, Joaquín Guerrero-Casasola

Diseño de portada: Planeta Arte & Diseño / Raymundo Ríos Vázquez
Fotografía del autor: Julián Guerrero-Casasola Pouliot

Derechos reservados

© 2024, Editorial Planeta Mexicana, S.A. de C.V.
Bajo el sello editorial MARTÍNEZ ROCA M.R.
Avenida Presidente Masarik núm. 111,
Piso 2, Polanco V Sección, Miguel Hidalgo
C.P. 11560, Ciudad de México
www.planetadelibros.com.mx

Primera edición en formato epub: enero de 2024
ISBN: 978-607-39-0908-2

Primera edición impresa en México: enero de 2024
ISBN: 978-607-39-0874-0

Impreso en los talleres de Litográfica Ingramex, S.A. de C.V.
Centeno núm. 162-1, colonia Granjas Esmeralda, Ciudad de México
Impreso y hecho en México — *Printed and made in Mexico*

1

Y ahora estaba mirando a Yuma con su cara ya de viejo como yo; se apretaba hojas de maguey en la barriga, donde tenía puntos de sangre; ya antes había visto que las armas de los enemigos nuevos dejaban ese rastro, como el puñado de ojos de luz que nacen en el cielo oscuro, más allá de los cerros que custodian Tenochtitlan. Me senté bajo los ahuehuetes y eché una mirada a todo el lugar; parecía que aquéllos no vendrían pronto, así que dejé las armas y me puse a echar palabra con mi amigo de la niñez.

—¿Ya vas al Mictlán, Yuma?

—¿Es que me deseas la muerte? —Sonrió adolorido.

—¿Por qué dices así? Siempre hemos sido amigos. Lo mismo en la escuela que cuando comenzamos a guerrear. Eso sí, viejo Yuma, en el telpochcalli hablabas mucho, pero fuiste poco valeroso en las primeras batallas con los tlaxcaltecas.

—Eso es porque soy un atlépetl —presumió— que, por si no lo recuerdas, significa el que llega a acuerdos con los enemigos para evitar la guerra y ganarla por las palabras. —Mientras me daba esa explicación, le hice muecas burlonas—. En cambio tú, Opochtli, guerreaste, pero no viviste con distinciones como otros guerreros renombrados. Hablo de Ameyal, que era muy saludado en las calles. De Zolín, codiciado por las mujeres. Tienes que reconocer que nadie se acordó de ti, a no ser Tonatiuh, que solía llamarte para que le resolvieras algunos asuntos que requerían astucia. Tal vez no fuiste un gran Guerrero Águila, pero muy astuto, sí.

Lo aborrecí como a la yaya de Zayetzi, mi mujer, que cuando no tenía ofensas para mí, su silencio lo acompañaba de caras mustias. Pero a Yuma sí lo estimaba porque siempre fue sincero y, siempre, aunque nunca se lo dije, le admiré que podía aprender rápido lenguas ajenas y las cosas de los dioses.

—Amigo —dije ya sin puyas—, ¿quieres que te lleve con el curador? Todavía queda alguno escondido, tendríamos que buscarlo.

Alzó una mano y señaló con un dedo tembloroso el sitio donde los dioses duermen al atardecer.

—Ayúdame a llegar a las cuevas. Los que vinieron del otro lado del mar (él los llamaba así, yo enemigos nuevos) les tienen miedo porque también las hay en su imperio. De sus cuevas salen bestias grandes que les dan una revolcada, luego se los tragan y escupen sus huesos.

Lo escuché con interés y le hice la pregunta que me había hecho yo desde que comenzó la guerra:

—¿De dónde vienen los enemigos nuevos? ¿Lo sabes ya?

—Llévame a las cuevas, Opochtli. Y no preguntes idioteces. Ya deberías saber de dónde vienen.

Desde tiempos del telpochcalli, donde aprendíamos el conocimiento, Yuma te miraba con ojos de párpados caídos; los más tontos se le acercaban a que les explicara y él lo hacía como si fuera un temachtiani sabedor. Yo me burlaba de él llamándolo temachtiani yollopoliuhqui, es decir, maestro loco. Él quería enseñar en el telpochcalli, pero su padre lo quería guerrero, y combatió a su pesar, por eso cuando lo encontré no me extrañó verlo herido.

Levanté las armas de ambos, lo ayudé a pararse y fuimos a las cuevas; había que tener memoria al adentrarse en sus abismos para poder salir después. Todos conocíamos a alguien a quien, al momento de buscarlo, se le podía oír su voz extraviada y llorona e, incluso así, nunca ser encontrado. Es fácil confundir un camino con otro y aparecer en las entrañas de las madres que paren hijos muertos.

Antes de cruzar el boquete me fijé en la montaña de la Mujer Acostada, pronto se cubriría con su manto de frío. Yo amaba a esa mujer de nombre Iztaccíhuatl —que no siempre fue montaña— tanto como amaba a Zayetzi, mi muchacha; a Iztaccíhuatl porque el último de mis días quería acurrucarme en su vientre y que me cuidara con ternura de yaya, deseo de mujer y paciencia de hija. A Zayetzi la amaba porque ella ya me amaba de todas esas formas, pero sólo me amaría así mientras durara la vida, la cual, como sabemos los mexicas, es corta. Cuando mi tonalli movedora de todo lo vivo dejara mis carnes y yo pudiera ver con ojos diferentes el mundo, vería a Iztaccíhuatl ponerse de pie y decirme: «Mi señor, tómame y hazme un hijo movedor de vientos, pues sé que eso significó tu nombre en vida; Opochtli, el señor de los vientos». Esto le daría celos a Popocatépetl, otro que alguna vez fue de carne y ahora también era montaña, pero montaña escupidora de fuego. Tendríamos que guerrear por Iztaccíhuatl. Estas cosas me nacía decirlas en el mercado de Tlatelolco. Anda, Opochtli, bebe más octli y cuéntanos otro de tus embustes, decían los viejos mientras se reían de mí.

2

Yuma se recostó sobre una piel de ocelote; ahí tenía jarros, tortillas, frijoles, chile y octli para reconfortarse.

—¿Desde hace cuánto tiempo te escondes aquí?

—No lo sé bien, Opochtli. Sirve octli, vamos a beber y a hablar.

Le quité la tapa a la olla y llené los tarros. El octli ya estaba espeso, pero todavía de buen sabor. Yuma bebió y volvió a recostarse con dificultad.

—¿Qué has hecho en la guerra?

—Prefiero que comiences tú, Yuma. Por la herida supongo que peleaste, ¿dónde quedó lo de ser atlépetl para llegar a acuerdos con los enemigos, evitar la guerra y ganarla por las palabras?

—Eso se acabó con la pedrada que mató a Moctezuma...

—¿Moctezuma está muerto?

—¿Dónde has estado que no lo sabes?

Lo miré consternado, quizá la herida provocaba que dijera mentiras.

—Moctezuma salió al balcón del palacio para hablar con la gente y convencerlos de que no debían guerrear con los que tú llamas enemigos nuevos. A la gente no le gustó su decir y le tiraron piedras, una le pegó en la cabeza. No murió enseguida, pero no tardó en irse al Mictlán. Moctezuma nunca tuvo mucho carácter, fue mejor hombre que emperador.

Miré la olla de octli con desconfianza. ¿Sería que la herida ocasionaba sus disparates? Si Moctezuma estaba muerto, ¿entonces quién dirigía la guerra contra los enemigos nuevos?

—Sé lo que estás pensando, Opochtli, pero pasó como te lo cuento. Moctezuma dejó que los que llegaron del otro lado del mar le dieran órdenes. ¿Podemos honrar a Huitzilopochtli?, les llegó a preguntar, mansamente.

Le di otra olisqueada al tarro, quizá sí estaba echado a perder.

—Lo conseguiste, Yuma, ya eres un temachtiani yollopoliuhqui.

—Te estoy diciendo la verdad. Los enemigos le dijeron que sí, que podíamos dar tributo a Huitzilopochtli. Cuando muchos mexicas estuvieron dentro del templo grande, aquéllos cerraron las salidas; mataron a más de los que puedas ver en tu cabeza, a todos por igual. A constructores de puentes, embellecedores de jardines, gente que a ti y a mí nos enseñó cosas de gran estima y que, por viejos, siempre respetamos. Hubo tanta sangre que se formaron ríos que tardaron días en secarse.

—¿Y cómo es que tú sigues vivo?

Se le descompuso el semblante, bebió octli y agitó el tarro para que se lo llenara de nuevo.

—¿Quién te dice que lo estoy? —Volvió a beber.

Pude haberlo llamado cobarde, pero no tenía ánimo de reprocharle nada, más bien curiosidad.

—¿Quién es el nuevo tlatoani?

—De verdad, ¿dónde has estado que no lo sabes? Lo fue Cuitláhuac, el hermano de Moctezuma, duró poco porque los enemigos tienen otra arma poderosa además de sus tirafuego, un hechizo que hace que se te pudra el cuerpo, así mataron a Cuitláhuac; se le pudrió todo el cuerpo. Ahora el tlatoani es el sobrino de Moctezuma.

—Cuauhtémoc, buen jefe de armas; a Moctezuma le prestó grandes servicios. Muy gallardo según las mujeres, pero no sé si sea bueno para gobernar.

Yuma se echó a reír cogiéndose la barriga; se le dibujaron más puntos de sangre.

—¿Desde cuándo sabes de política, Opochtli? Eso no es lo tuyo.

No pude negárselo.

—¿Cómo es el capitán de los enemigos nuevos?

—Como la cabeza de Juan.

—¿Cabeza de qué?

—Juan, Juan es un nombre.

—¿Juan?

—Sí, Juan. Dilo de un tirón: Juan… Era un soldado de ellos, los nuestros le cortaron la cabeza y se la enseñaron a Moctezuma para que viera que ya sin vida era como la de todos, sin color y ciega. Pero Moctezuma se asustó como si se la hubieran cortado a Tláloc. Castigó a los que mataron a Juan.

—Comienzo a entender lo de la pedrada…

—Tampoco es que Moctezuma tuviera toda la culpa, hay que entenderlo. Los enemigos se hicieron amigos de muchos totonacas y tlaxcaltecas. Así que ya no sólo tienen armas, también guerreros que conocen nuestras flaquezas.

—¿Y cuántos son los dioses del enemigo nuevo?

—Uno solo.

—¿Uno de mil formas?

—No, de una sola.

—¿Qué forma tiene ese dios?

—Los brazos estirados y los pies juntos, flaco, sangre en el rostro como Xipe Tótec, clavos que le atraviesan la carne de las manos y los pies sin que grite de dolor. Un penacho de espinas. La cara muy triste.

Traté de verlo en mi cabeza y me sentí como los niños que las viejas asustan hablándoles de los espantos que saltan del agua para morderlos.

—Un solo dios —repetí desconcertado—, pero ¿quién es su dios de la guerra, de la lluvia, de la cosecha? ¿El de los borrachos? ¿El de las hembras que dan goce? ¿El de los partos y las flores?

—Él es el dios de todas esas cosas.

—¿Cuál es la historia de ese dios? —pregunté cada vez más interesado, acomodándome en el suelo y mirando la entrada de la cueva, donde comenzaba a oscurecer y a oírse el arrullo que el señor Quetzalcóatl hacía al soplar quedito las hojas de los árboles.

—Primero fue un hombre de carne y hueso, lo mataron otros hombres y se fue al Cielo donde volvió a ser dios, pero ya está por regresar.

—¿A qué cielo se fue? ¿A cuál de todos?

—No lo sé, Opochtli.

—Debe ser al Teteocan, porque es donde los dioses mueren y renacen.

Meneó la cabeza como si escuchara a un idiota, lo miré sin que mi entendimiento pudiera ser tan rápido como el suyo.

—No lo entiendes, Opochtli —dijo cerrando los ojos—. Esta guerra no es entre los hombres que vienen del otro lado del mar y nosotros los mexicas, es entre su dios y los nuestros. Ésa es la guerra grande y verdadera.

—Entonces los vamos a vencer —afirmé convencido—, porque el ejército de un solo dios no vale gran cosa.

3

Cavilé mucho rato sobre el saber de Yuma, que se había quedado dormido con una mano en la herida, cobijándola como el ala de un pájaro a sus crías. ¿Qué idiotas tienen un solo dios? Un dios solo es un dios triste, tanto como un hombre en una casa vacía, sin mujer, sin risas y sin voces. Me imaginé al pobre caminando torpe con los brazos estirados y los pies juntos por todo el Teteocan, llorando lágrimas de soledad entre la sangre que le escurría de la cara y su penacho de espinas. Nunca fui de mucho entendimiento, pero cualquiera podía darse cuenta que ese dios debía ser un envidioso; no podría soportar que Tláloc, Cintéotl, Xochipilli y muchos otros señores estuvieran sentados en torno a la fogata, ebrios y felices, porque los dioses, como los hombres, ríen y lloran mejor cuando están juntos. También hay que decir la verdad, ellos no serían muy invitadores, no le dirían al de los brazos estirados y los pies juntos que bebiera octli y se emborrachara, que se calentara en la fogata para que les contara sus victorias y cómo sus enemigos le dieron muerte. Más bien reirían de él por haberse hecho sustancia de hombre. Los piadosos serían Yacatecuhtli, protector de los viajeros, Quetzalcóatl por bueno y Xochiquetzal, amadora de lo viril. Sentí pena al imaginarlo trabar combate con el feroz Huitzilopochtli, de tres mazazos lo vencería. Pero luego desconfié, un dios es un dios. No hay uno que no sea poderoso.

Cualquiera de ellos es capaz de soplarnos de su mano y dejar el mundo quieto, como cuando todo comenzó. De nuevo jardín de pájaros que no temen ser cazados por el hombre ni perder sus plumajes coloridos para embellecer el penacho del tlatoani.

La cueva se había vuelto oscura, pero en lo alto del boquete se dibujaba la luz blanca de Coyolxauhqui, la señora que tiene sus pezones grandes y brilla muy redonda cuando Tonatiuh, el señor del día, se va a dormir detrás de las montañas. Hay que decirlo, soy gran amador de mujeres y diosas, por eso también amaba a Coyolxauhqui; se me figuraba como mi madre, a la que poco conocí. Pero mi verdadero amor (aparte de la guerra) era Zayetzi, y por eso habría de regresar victorioso a Tenochtitlan.

Comenzaron a escucharse voces, no cantarinas como las de los mexicas sino rasposas como las de los enemigos nuevos. Podía seguir ahí, en el ropaje oscuro de la cueva, pero cogí el átlatl y los dardos para salir a guerrear.

Me arrastré como la mordedora; de muchacho podía retorcerme de un lado a otro con esa misma rapidez, ahora, de verme la yaya de Zayetzi habría llamado a otras yayas para que me cazaran como si fuera una mordedora de verdad, apretándome la cabeza con una vara para luego machacármela, aunque, cuando despedazaran mis carnes, les parecerían duras y tiesas de comer.

Seguí sin ver a los enemigos nuevos, entonces corrí hacia los pirules, trepé uno con dificultad, pues ya no era un Guerrero Águila joven sino el remedo de eso. Desde lo alto pude verlos; por un extremo se lanzaban varios hombres con sus cuerpos muy forrados de duro tepoztli y sus espadas en alto. Miré del otro lado, esperando descubrir a nuestros mexicas; Guerreros Águilas, Guerreros Jaguares, corriendo al encuentro con sus garras, flechas y su furia de costumbre, pero me llevé gran sorpresa, quienes corrían a guerrear contra los primeros eran otros de su misma raza, dando gritos igualmente feroces. Se atacaban no para reunir prisioneros como hacemos nosotros, sino para matarlos; el guerrero se abalanzaba contra el vientre del rival y sacaba la espada con todo y tripas, en seguida giraba para cortar de tajo el cuello de otro. No cortaban por completo las cabezas ni se adueñaban de ellas, se ponían a resguardo para tomar impulso mientras uno de los suyos ocupaba su sitio y continuaba la faena. Los ruidos de las chimalli con las que se cubrían eran estrepitosos al golpe de la espada. Algunos de esos chimalli brillaban como la luz cegadora de Tonatiuh. Su guerra parecía más el trabajo de un escarbador de montañas, de esclavos que edifican ciudades y cargan las piedras de aquí para allá, que un arte. Si bien sus formas de ataque tenían mucha estrategia, en el combate se gritaban —lo que no hacíamos nosotros—, entre ofensas y otras cosas, pero también lloraban cuando caían heridos y se hacían, a sí mismos, una señal con los dedos en sus frentes antes de que la tonalli les abandonara el cuerpo. La sangre les escurría por los pelos abundantes en sus caras, dándoles un parecido al rostro rabioso de Xipe Tótec.

Mientras miraba resbalé y caí del árbol con todo y armas. Alcé la cara seguro de que aquéllos vendrían por mí, pero seguían en su guerra. No estaba muy lejos del río y las cuevas, tenía tiempo para cortar algunas cabezas y luego correr a esconderme. Pero ¿qué se hace cuando los dos bandos son el mismo? Yuma me lo habría hecho entender con sus palabras sabias y regañonas.

Un guerrero terminó por descubrirme, la sorpresa le hizo descuidarse y recibir un tajo de muerte. Otros más me vieron, pero ninguno acababa de venir, tal vez porque pensaban que yo era un tlaxcalteca o un totonaca. No consideré de buen honor ser el mirón de la batalla, alcé el átlatl y escogí para guerrear al que gritaba más, el dardo se le encajó en un ojo. El enemigo que tenía enfrente me miró confundido. Repetí la hazaña y, disparando el átlatl, lo libré de otro que lo atacaba, haciéndolo caer a sus pies. Tres de ellos se lanzaron sobre mí, salí corriendo, ligero y juguetón como el ozomatli. Eso hice, ruidos de ozomatli, porque la burla y el miedo se me hicieron una sola misma cosa; nada más me faltó trepar los árboles y saltar de rama en rama, sujetarme la cola y pelarles los dientes burlones a mis enemigos nuevos. ¡Guir! ¡Guir! ¡Soy el mono! ¡Soy el ozomatli que no puedes cazar porque mi cuerpo es ágil! Soy el ozomatli siempre risueño. Sólo me pongo triste cuando miro a la redonda y la blanca Coyolxauhqui que ilumina Tenochtitlan, donde, según el decir de Yuma, los enemigos nuevos mataron a los constructores de puentes, embellecedores de jardines, gente que nos enseñó cosas de gran estima y que, por viejos, siempre habíamos respetado.

4

No tuve miedo de perderme en los caminos torcidos de las cuevas porque el señor Tlacotzontli era guía de esos lugares y siempre que uno fuera reverente le mostraba la salida. Pensé en Yuma, tenía razón al haberme preguntado dónde estuve todo este tiempo. Era bueno recordar, pues cuando regresara a Tenochtitlan le contaría lo vivido a Zayetzi mientras ella echaba las tortillas en el comal. Debo decirlo, nunca lloré cuando vi morir guerreros en combate, tampoco por alguna herida recibida, pero sí cuando recordaba las manos de mi muchacha recostando las tortillas para que se calentaran suavecitas al lado de los chapulines y frijoles que sacaban un humo tierno y oloroso. Eso me hacía llorar y preguntarme cuándo se terminaría la guerra, cuándo podría volver a lo mío, donde los días eran calmos mientras mi señor Tonatiuh —que tenía el mismo nombre que el dios redondo— me mandaba a resolverle sus asuntos.

Aquella mañana había salido de mi calpulli porque Tonatiuh mandó a sus guerreros a buscarme para que les sirviera de guía y fuéramos a ver quiénes eran esos enemigos nuevos. Recuerdo que mi muchacha corría al lado de la barca, dando voces, diciéndome que regresara pronto o ella misma me iba a matar por viejo necio.

Al desembarcar en Xochimilco nos atacaron los totonacas, que nos dieron la sorpresa de estar ya de parte de los enemigos nuevos. Guerreamos. De los catorce sólo quedamos vivos Milintica y yo. Él era un tameme, cargador de armas. Los totonacas nos metieron a él en una jaula y a mí en otra. Pero Milintica murió en poco tiempo a causa de las heridas. A mí me llevaron enjaulado por el monte; decían que me iban a vestir de mujer para que venerara a Cintéotl, la señora del maíz. Eran burlones esos totonacas, sus nuevos señores les habían dado la orden de ir a las orillas de Tenochtitlan a guerrear contra los mexicas y luego a encontrarse con más totonacas y tlaxcaltecas y formar un ejército grande.

Les pregunté por qué se habían unido a los enemigos nuevos, me dijeron que los preferían a nosotros los mexicas, pues así ya no nos pagarían tributo. A ellos, sí. ¿Entonces, qué ganarían siendo sus aliados? Su amistad, respondió algún idiota y los demás se echaron a reír como acostumbraban, finito y chillón. ¿Y qué ganarán ellos de ustedes?, les pregunté. ¡Nuestras mujeres!, respondió otro. Nunca dijeron nada en serio, tal vez ellos tampoco lo sabían.

Tuve buenos tratos con un totonaca llamado Malanáh; mientras hablábamos metía entre los palos de la jaula jarros de atole y tamales para mí. Una noche nos pusimos ebrios, Malanáh afuera de la jaula, yo adentro. Los demás bebían octli en torno al fuego. Descubrimos que los dos habíamos nacido en Xocotlhuetzi, cuando maduran los frutos y hace calor. Reímos contándonos el modo de nombrar las cosas, el suyo totonaca, el mío náhuatl. Él le decía kachí al borracho, yo, tlahuanqui. Él a la risa, tsiyá, yo, uetskilistli.

Desperté al amanecer y miré que los totonacas se habían ido y se les olvidó —o no quisieron— abrir la jaula; por lo menos no me habían desollado. Me quedé tonto y enjaulado en la soledad del monte. Los animales que pasaban por ahí ladeaban la cabeza para mirarme, les tuve que gruñir para espantarlos. Quizá entre ellos, a su modo, se dirían: mira a este yollopoliuhqui, es el primer hombre al que vemos enjaulado.

Sacudí los barrotes de palo y terminé rodando cuesta abajo, hasta que la jaula se desbarató. Entonces me fui cojeando hasta el valle donde encontré guerreros mexicas; puro papalotl, lo cual quiere decir que sólo tenían a su cuenta haber capturado tres enemigos en toda su vida. Habían matado a su principal y buscaban a Huemac para unírsele. Me dijeron de Huemac cosas de mucho asombro, los enemigos nuevos le temían tanto que no querían encontrarse con él en la siguiente batalla. Ésa era buena noticia, así que mi deber también era buscarlo y ponerme a sus órdenes para echar a los enemigos al lugar de donde habían venido.

En ese andar los vi por primera vez; eran de carnes rojas y blancas, de pelos inmundos. Estaban forrados de duras ropas, con sus lanzas a las que llaman espadas, los tirafuego y los perros grandes de montar. Nos hicieron huir de espanto. Entonces dimos con otros mexicas, no los de Huemac, pero sí muchos, y volvimos para enfrentarlos. Les dimos batalla; quedamos la mitad. De ellos sólo matamos a tres y no pudimos tocarlos ni saber de qué estaban hechos porque se los llevaron.

—A éstos los cuida Huitzilopochtli, él se ha vuelto contra los mexicas —dijo uno cuando nos tocó lavar nuestras heridas en las aguas del río.

Los demás lo miraron con temor, esperaban que contara la razón de su pensar.

—¿No eres tú, Opochtli? —Me miró, entonces—, ¿aquél que fuera Guerrero Águila y al que el principal Tonatiuh le encarga resolver quién mata y quién hurta lo que le pertenece?

—Me has reconocido —respondí—. Mi fama corre por todas partes.

—¿Qué fama? —Se echó a reír—. ¿La que te ganaste cuando Tonatiuh te encargó resolver quién había matado a una doncellita que iba a ser sacrificada a Huitzilopochtli? Y como lo conseguías, el dios se puso furioso y dijo que haría que nuestros enemigos nos derrotaran en las batallas por venir.

El guerrero había conseguido con sus palabras que las miradas de los otros cayeran sobre mí.

—No fue así, te contaron mal las cosas —repliqué siguiendo en lo mío; por primera vez mi carne había sido rasgada por una de esas espadas, era preciso lavarla y decirle: carnita mía, no estés triste, no te alejes de toda mi demás carne, siente el agua que te acaricia y consuela.

Ese mismo día, me pasó como con los totonacas, al despertar estaba solo, los guerreros me habían abandonado. Decidí buscar a Huemac por mí mismo, en ese andar fue que encontré a Yuma.

5

Pensaba en mi vida; mirándola como cuando la voz de uno regresa, pero desdibujada. Dejé pasar tiempo antes de volver adonde los enemigos nuevos habían guerreado. No encontré a los victoriosos, sólo quedaban los muertos. Largo rato anduve tocando las ropas con las que se protegían, oliendo su feo sudor, tocando el pelaje claro y rojizo de sus caras. Me monté en la cabeza un casco y blandí una espada; pesaban y estorbaban mucho. De una mano mocha saqué un forraje de costura recia; los enemigos no podían ser fáciles de herir ni siquiera por la furia de Mictlantecuhtli, pero tanta protección me hacía pensar que sus cuerpos no eran resistentes. Apunté con un tirafuego, no conseguí hacerlo escupir su lumbre y lo arrojé como una lanza; no servía para eso. Me hubiera gustado ver un perro grande de montar, pero no los habían traído a la batalla.

Estaba por irme donde Yuma cuando descubrí a uno que resollaba quedito, levantando su mano tembleque. Recordé que antes de morir se hacían una señal en la frente. El honor en el combate es valioso, así que le cogí los dedos y lo ayudé a hacerse su señal. Sus ojos me miraron agradecidos y sorprendidos, luego se quedaron quietos y opacos, como el jade cuando se enturbia bajo el agua; se había ido al Tonatiuhichan, donde van los que mueren en el combate.

Al sentir que algo me tocaba una pierna giré, pero sólo era un perro flaco, de ojos tristes y resentidos. Se parecía a los xoloitzcuintle de los que muchas veces miré en casa de del señor Tonatiuh, su mujer los consentía y cuidaba tanto como a las doncellitas que crecían en su palacio y eran destinadas al amor de Huitzilopochtli. El perro bajó el hocico y se fue olisqueando a los muertos, como con ganas de arrancarles la carne, pues parecía hambriento. De pronto se detuvo echando las patas hacia atrás, gruñendo, listo para saltar y atacar a lo que se movía detrás de unos arbustos. Yo también me dispuse, levanté el átlatl. Escuché un lamento detrás de la hierba; es hembra, pensé, sus crías tienen hambre y está furiosa, si el tiro no es certero me saltará al pescuezo.

Un segundo lamento más largo y horrendo hizo que Sihuca —así le puse al perro, que significa el pequeño de la familia— escondiera temeroso la cola entre las patas. Entonces, cogí uno de aquellos cascos y lo arrojé a los arbustos. Nada se movió. No quedó más remedio que acercarse. Poco a poco asomé la cara detrás de los arbustos, sin dejar de empuñar el átlatl; una figura de pelo crecido y marañoso me miró con ojos disparatados. Estaba forrada con ropas de los enemigos nuevos. Tuve que saltar atrás cuando comenzó a sacudirse y a tronar los dientes. Moví el átlatl viendo dónde pegarle, pero la bestia no se estaba quieta, me dieron ganas de reír porque la quería ultimar y aquélla rodaba de aquí para allá. De pronto, se retorció sin moverse más. La toqué con la punta del átlatl; no intentó defenderse.

—Sihuca —le dije al perro—, éste también ya se fue.

6

El ruido de Sihuca lengüeteando la olla de frijoles, haciéndola rodar por toda la cueva, despertó a Yuma; cogió una rama para pegarle.

—¿De dónde salió esa bestia? ¿Por qué le das mis provisiones?

—Es Sihuca. Y cuídate de pegarle. —Le rasqué al xoloitzcuintle el lomo tibio, gris y sin pelaje, y asentí sonriendo.

—No le des cariño o no se irá.

—Tú no le agradas, Yuma, porque tienes agrio el carácter.

—No le agrado, pero sí se come lo mío...

—De eso no te preocupes, afuera hay enemigos muertos y tienen muchas provisiones.

—¿Qué enemigos?

—Los que vienen del otro lado del mar, como tú les llamas. Esto no lo vas a entender, como tampoco yo, guerrearon entre ellos hasta la muerte.

Dibujó sus párpados caídos, así supe que estaba por presumir su saber.

—Eres un guerrero, Opochtli, sabes de la guerra, pero no de aquello que la antecede.

Aquí va, hice mis muecas burlonas.

—A la guerra la antecede la palabra y a la palabra, las ideas de lo que cada principal pretende, pero los guerreros no

25

se conforman con la victoria de sus principales, esperan alguna ganancia para ellos.

—¿Puedes ir deprisa con tu decir, Yuma? Nos aburres al perro y a mí.

—Estos guerreros debieron pelear entre ellos porque no vieron ganancias.

—¿No les basta el honor? ¿El amor a la guerra?

—No son como nosotros.

—Yo vi que sí. Sal tú mismo y contempla sus tripas regadas.

—¿El perro de dónde salió?

—El perro se llama Sihuca.

—¿De dónde salió? —preguntó insistente Yuma—, ¿en qué momento? ¿Al principio o al final de la batalla?

—Al final, a olisquear a los muertos.

Yuma se quedó pensativo mirando a Sihuca.

—Échalo de aquí.

—¿Por qué habría de hacer eso?

—Porque viene por los muertos para llevarlos al Mictlán. Míralo, es perro sin manchas. Es criado de Mictlantecuhtli.

—Dices disparates sin necesidad de beber octli. Además, nosotros no estamos muertos.

Yuma se puso de pie y se sujetó de la pared, comenzando a quejarse; se miraba gracioso con su dolor mientras Sihuca seguía lengüeteando la olla, moviéndola así de un lado a otro.

El perro y yo seguimos a Yuma, que salió de la cueva y se detuvo a contemplar el sembradío de muertos al sol. Le iba a presumir a cuáles maté, pero retrocedimos al ver que aquel guerrero que se había revolcado entre los matorrales recogía las provisiones y las armas que podía colgarse en el cuerpo. Ya de pie se veía flacucho, sin afanes de guerrero. Sus ojos eran claros como el cielo cuando palidece, pero su boca muy roja. Al descubrirnos, fue como si mirara malos espíritus acompañados del perro del Mictlán, porque soltó las cosas y huyó deprisa.

—Tú por ahí, yo por allá —le dije a Yuma.

Yuma fue sujetándose el vientre, corriendo no tan deprisa, yo del lado opuesto, mientras el enemigo saltaba como el conejo. Lo alcancé cuando cruzaba el río, resbaló, pero se irguió haciéndose de una piedra para enfrentarme. Pronto aparecieron Yuma y Sihuca, que no dejaba de ladrarle al enemigo. Éste nos miró como escogiendo a quién apedrear. Me llegó a la cabeza lo que le pasó a Moctezuma mientras esquivaba la pedrada. Entonces corrí hacia el guerrero, él se lanzó abriendo sus fauces. Lo cogí por la cintura; era tan liviano como un saco de plumas de quetzal; intenté lanzarlo, pero se me pescó del cuello con los dientes y me hizo gritar. Yuma lo cogió por la ropa y lo arrojó, haciéndolo hundirse en el agua; al levantarse los pelos se le habían juntado y su cara se había despejado.

—¿Es hembra o a mí me lo parece? —le pregunté a Yuma.

—Tócale los pechos, Opochtli, si los tiene es que lo es.

—Tócaselos tú, no quiero que de una mordida me arranque la mano.

Mientras discurríamos, la hembra se puso de pie y quiso correr de nuevo, pero enseguida se desplomó y comenzó a sacudirse otra vez, dando manotazos y pataleos, como un pez herido por la coa de un pescador.

7

La habíamos dado por muerta, pues su piel tenía el color de cuando ya no se mueve el río que canta en la sangre. De pronto la oímos dar un largo quejido, la cargamos y la llevamos a la cueva para que el sol no le carcomiera el seso. Yuma me recordó que no era la primera vez que veíamos algo así. Las sacudidas se llamaban yolpatzmiquiliztli y las causaba la señora Tlazoltéotl, para sacar la tonalli de la gente, llevarla a su mundo de sueños y apalabrar cosas de importancia. Por tal razón, el sacudido no podía ser sacrificado o Tlazoltéotl se habría puesto furiosa.

Miramos a Sihuca, se había echado al lado de la mujer. Uno sabe que cuando pasa eso, es porque el perro escoge a quien ha de guiar al Mictlán cuando la tonalli se va. Pero la mujer no acababa de irse; me pregunté la razón.

Poco a poco, la hembra abrió los ojos y se miró las manos amarradas. Se las habíamos atado para que no nos mordiera. Yuma le dijo algo en su lenguaje, ella lo miró como si un perro hubiera sacado palabras, luego le respondió en ese mismo lenguaje.

—¿Qué dice? —le pregunté a Yuma.

—Se llama Eleni.

—¿Erandi?

—Eleni. Dice ser una guerrera y pide, por órdenes de su dios, que nos dobleguemos.

La miré de pies a cabeza y me eché a reír hasta que me dolió la tripa. Ella me miraba tan enfadada que sus ojos sin color se volvieron de fuego.

—¿Una mujer guerrera? —interrogué.

—Ellos las tienen —dijo Yuma—, antes conocí a dos de nombre Isabel y María.

—Dile a ésta que no tiene cuerpo de guerrera.

—No voy a decírselo.

—¿Le tienes miedo? Mírala, parece perra flaca. Sus ojos son de color agua verdosa, ésa no es ni siquiera una tameme cargadora de armas. Te diría que le pasemos la obsidiana por el pescuezo, pero como le dan las sacudidas no está permitido. Lo que sí podemos hacer es pegarle una patada en el rabo y que se vaya con los suyos. Nosotros también debemos irnos. Lo correcto es que vengas conmigo, busquemos a Huemac y nos pongamos bajo sus órdenes. Además, los muertos comienzan a apestar allá afuera.

La mujer le dijo algo a Yuma.

—¿Qué dice? —interrogué.

—Pregunta qué dices tú.

—Pues díselo. Y de mi parte que es perra flaca.

—Mejor sal de la cueva, Opochtli. Ella y yo debemos discurrir largo rato. Quiero entender qué pretenden los que vienen del otro lado del mar.

—¿Eres tonto? Lo que pretenden ya lo están haciendo, sacrificarnos a todos los mexicas para su Dios de los brazos estirados y los pies juntos... —Reconsideré mis propias palabras y le dije—. Está bien, quédate con ella, pero pregúntale sobre su Dios.

Salí seguido por Sihuca y comencé a liar un itacate con las provisiones y algunas armas de los muertos. Con Yuma o sin él, yo buscaría a Huemac para guerrear contra los enemigos nuevos.

Quizá, con el tiempo, los mexicas, totonacas y tlaxcaltecas terminaríamos hermanados. Tonatiuh, mi señor, volvería a encargarme sus asuntos. No tendría honores, como bien decía Yuma, pero mi contento serían mi casa y mi mujer. Iríamos a Tlatelolco y la vería discutir con los mercantes el precio de los buenos jarros. Me escaparía a platicar con los bebedores de pulque, Zayetzi me encontraría y luego de pelear un poco conmigo, regresaríamos echando la risa por algo que vimos en el mercado. Caminaríamos por los puentes, lanzando la mirada a los brazos de agua cantarina, a los palacios coloridos, hasta llegar al calpulli donde se vive y muere despacio, a gusto, como todo el que ya guerreó su parte de la vida. Haríamos ofrenda a los cuatrocientos Centzon Totochtin, que protegen a los bebedores; a Tláloc también le haríamos una ofrenda, a él sólo por el miedo que le dio a mi corazón cuando me quitó a Xóchitl, mi primera mujer, pegándole manotazos de agua que la enfriaron y le sacaron la tonalli del cuerpo.

Y si mi tonalli seguía en mi cuerpo mío de mí, ya muy viejo y un poco sordo, escucharía a los guerreros más jóvenes recordar los tiempos de la guerra con aquellos enemigos nuevos. Yo les enseñaría mis cicatrices de combate. ¿Dónde te hiciste eso?, ¿corriendo entre nopales?, dirían ellos, burlones; ¿dónde están las cosas que les quitaste a esos guerreros? Les diría que nunca quise quitarles nada, sólo echarlos al otro lado del mar; aunque habría sido feliz si me hubiera quedado con uno de sus perros grandes de montar, porque los recordaba de ojos bondadosos.

8

Intenté regresar a la cueva varias veces, pero siempre que lo hacía escuchaba los murmullos de sus voces, la de Yuma hablando en la lengua de la guerrera flaca, la de ella más dura que la de nuestras mexicas, dura y nada cantarina. Hubiera podido entrar, pero yo le había pedido que le preguntara cosas de su dios. Tal vez lo que se necesitaba para terminar la guerra no era un atlépetl que llegara a acuerdos con los enemigos para evitar la guerra y ganarla por las palabras, sino un tlamacazque, un conocedor de dioses que llegara a un acuerdo con el de los brazos estirados y los pies juntos.

Terminé sentado en el casco de un enemigo muerto, arrojándole un guante a Sihuca que gustoso me traía de vuelta. Ese Sihuca podía pertenecer a Mictlantecuhtli, pero mientras estuviera presente en mi vida mía de mí, el señor del mundo oscuro tendría que dejarlo ser mi amigo.

—Volvamos ya, Sihuca, esos dos ya hablaron demasiado.

Al entrar a la cueva encontré a Yuma de rodillas, frente a la mujer, ella tenía las manos desatadas, tocándole un hombro con el átlatl. Miré el otro átlatl y también unas piedras por ahí, contemplando cómo matar a la guerrera flaca por humillar a mi viejo amigo. Entonces, éste se puso de pie y se me acercó.

—Aquí han pasado cosas importantes, Opochtli.

—¿Te hizo brujería?

—Escucha y luego recompones. Xanat y yo llegamos a buenos tratos.

—¿Xanat? ¿No se llamaba otra cosa?

—Eleni, pero quiso un nombre de los nuestros, le gustó Xanat porque significa flor. El suyo significa luz brillante, ahora se llama Xanat Eleni, luz brillante de la flor.

—¿Y ahora tú cómo te llamas, Juan el sin cabeza?

—Mi nombre le parece bien. Le dije que significa hijo del jefe.

—Tu padre lo era, y estaría avergonzado de ti. ¿Por qué te le arrodillas? Nosotros no hacemos eso cuando llega la derrota, sólo acomodamos un poco el cuello para que el tajo de la espada sea rápido.

—Voy a tratar de explicarte, Opochtli, pero no es cosa fácil porque eres de lento discurrir. El dios de los brazos estirados y los pies juntos es uno y a la vez tres. Un padre, un hijo y su tonalli.

—Entonces ya no son uno.

—Lo siguen siendo. Me lo ha dicho Xanat Eleni. Y hay algo más, mientras nuestros dioses están aparte de nosotros, el suyo está afuera pero también adentro de los hombres, de sus guerreros, de ella misma, y esto los hace poderosos. Lo que su dios quiere es entrar en nosotros.

Moví la cabeza para mirar por sobre el hombro de Yuma a la mujer; para mí seguía siendo una perra flaca de ojos color agua lamosa. Busqué si el tal dios se asomaba en ella. No lo vi.

—Yo ya tengo una tonalli habitadora de mi cuerpo; no cabe ningún dios —le dije a Yuma—. ¿Y para qué se mete ese dios en las carnes de los hombres? ¿Para comer chapulines cuando los masticamos?

—El hijo, como te lo he dicho, vino al mundo, sus enemigos lo mataron y se volvió con el padre, pero dejó su tonalli y es la que vive en el hombre. Xanat Eleni me dio la buena nueva, así la llamó, buena nueva, todo aquél que reconozca como dios al de los brazos estirados y los pies juntos recibirá la tonalli de ese dios y nunca habrá de morir. Yo lo he reconocido frente a ella.

—Qué pronto aceptaste la derrota.

—No soy tonto, Opochtli, le dije que sus guerreros nos han hecho gran daño.

Yuma calló, pues la mujer le dijo algo más.

—Ella pregunta de qué estamos hablando. —Yuma hizo una pausa para explicarle nuestro decir. Se esforzaba en buscar las palabras en su lenguaje, luego volvió a hablarme—. Ella acepta que hay guerreros ambiciosos, pero me pregunta si conozco a sus atomiyo, los que no tienen cabello en el centro de sus cabezas. Dice que no vienen a guerrear sino a mostrarnos a su dios. Advierten que el señor de los ejércitos es celoso y acabará con todos nosotros si no lo veneramos, porque nuestra tozudez significará que pertenecemos al dios del mundo oscuro.

—¿A Mictlantecuhtli?

—Opochtli, no te lo puedo explicar todo ahora.

—No me expliques más… ¿Cuántos guerreros pide su dios que le sacrifiquemos para que se vayan?

—Ese dios pide nuestro arrepentimiento.

—¿Arrepentimiento de qué cosa?

Yuma no me lo supo decir.

—Has dicho que llegaste a buenos tratos con la guerrera flaca. ¿Cuáles son?

La mujer nos veía como si entendiera nuestro decir y aunque no era así, de ese modo nos miraba, quizá buscando en mi cara si mi amigo me convencía de creerle.

—Habla ya —le pedí a Yuma—. ¿Qué trato hiciste con ella?

—No te lo puedo decir ahora, pero debo repetirte lo que soy, un atlépetl que llega a acuerdos con los enemigos para evitar la guerra y ganarla por las palabras. Xanat Eleni me llevará con el tlatoani de sus guerreros y yo habré de negociar la paz.

—Tú has dicho que lo que antecede a la guerra es la palabra y que los guerreros esperan recibir algo. ¿Qué tienes tú para darles?

—Lo sabrás si vienes con nosotros.

Miré a Yuma, la guerrera flaca, y a Sihuca, entonces le puse una mano en el hombro a mi amigo mío de la niñez y le dije:

—Yuma, eres como la boca de Nezahualcóyotl, hilvanas flores con tu canto de palabras, haces que la tonalli al escucharlas vuele como el colibrí, pero no quiero que ese dios de los brazos estirados y los pies juntos entre en mis carnes, quiero irme porque el olor que viene de afuera es como el de mi peor enemigo cuando desaloja sus tripas. Quiero guerrear hasta que los enemigos nuevos se vayan al mar y luego regresar a casa con mi mujer, que me está esperando. Mi mujer no es una hembra fácil; me tira trastos a la cabeza cuando bebo mucho octli, me pide palabras cuando tardo y yo no sé explicarle cosas de mi proceder, pero luego se contenta por lo más sencillo, por las flores, la música y los días de celebración. A eso quiero volver, tú sigue tu camino y yo seguiré el mío. Pero te digo, antes de volver a Tenochtitlan encontraré a Huemac y juntos habremos de echar a los enemigos nuevos. Espero no verte en la batalla, como a los totonacas y a los otros que se les unieron, porque habré de matarte.

Levanté el itacate y salí de la cueva seguido por Sihuca.

9

Sihuca y yo los esperamos con cierta distancia de los muertos, junto a las provisiones. Yuma volvió a decirme que había prometido ir con la mujer para encontrarse con los suyos.

—Cuando los suyos te vean te darán un abrazo, te llamarán amigo y luego sacarán de tu tripa el pedernal que tendrás incrustado.

—Hemos hecho un pacto, Opochtli.

—Habrá que avisárselo a Cuauhtémoc y a todos los mexicas. También a los tlaxcaltecas y totonacas. Y a Tláloc, Huitzilopochtli, Xipe Tótec y a muchos dioses. Habrá que decirles que Yuma y la guerrera flaca convinieron que los mexicas debemos dejar que el dios de los brazos estirados y los pies juntos habite en nosotros, y que los enemigos nuevos ahora son amigos nuevos.

Torció la boca.

—No discutiré contigo, amigo de mi infancia, caminemos un rato juntos, pero en cuanto encuentre a Huemac me iré con él a destripar a los enemigos mientras tú acuerdas la paz.

Yuma movió la cabeza, pero sonrió con la ternura que tenía por mí. La mujer nos vio darnos un abrazo, entonces levantamos las provisiones y marchamos seguidos por Sihuca, junto al cauce del río. Durante el camino, la guerrera flaca y mi amigo Yuma nombraban las cosas que había ahí para compartir de qué modo se decían en una y otra lengua. Se sonreían cuando el otro repetía la palabra que no era suya. La mujer buscaba mi sonrisa, pero yo no se la prestaba. Aun así me quedé con unas palabras de su lengua: arbolito (kuakuauton), la sombra que da el arbolito (sakachimali), perro (chichi), cielo (ilhuicatl), ir deprisa (isiuteua). Luego se echaban a reír más fuerte, ella se ponía roja y él un viejo necio. Tal vez reían de mí, de mi modo de ir serio, pero una cosa yo digo, que uno debe estar serio cuando hay guerra y conoces a uno que no te da confianza, ya con el octli en el cuerpo y los amigos reidores puedes decir disparates.

Caminamos oyendo el gorjear del colibrí, el rugido del ocelote y el cantar de las aguas, hasta que la tripa nos pidió alimento. Nos sentamos bajo las ramas caídas de los pirules. Saqué del itacate lo que en él guardaron los enemigos nuevos; por algo también les decíamos comedores de guanábanas. Había muchas. Además, encontré trozos quemados de carne de conejo.

La mujer dijo algo. Miré a Yuma.

—Dice que nos ha visto comer insectos y que eso es inmundicia.

—Dile que el trozo de carne que se come era de un animal que se lamía el culo.

Ahora ella fue quien miró a Yuma, esperando que le dijera mis palabras. Yuma habló. Ella me sonrió con dulzura de madre, así que entendí que Yuma le había dicho algo distinto. Volvieron a echar palabras largo rato; ni el perro ni yo las entendimos.

—Xanat Eleni preguntó si tenemos esposas e hijos. Le dije que tuve una mujer pero murió y que tú, dos: una que murió y otra que vive y tiene por nombre Zayetzi. Que tuve seis hijos y todos hacen sus vidas, que tú ninguno.

—¿Por qué le cuentas todo de mí? Eres como la vieja yaya de mi mujer, que hasta de camino al Mictlán no dejaba de hablar de las cosas de los vecinos.

—Opochtli, la paz, antes que por los dioses, empieza por los hombres. Henos aquí sin guerrear y ella que viene de un lugar lejano. Yo quisiera entenderla más, pero su decir es como el agua que cae en mis manos, mucha se me escapa...

—A ella no la veo con tanto afán de entender nuestro lenguaje, ¿por qué te desvives por hablar el suyo?

—Es hora de irnos —dijo de pronto la mujer en nuestro lenguaje.

Yuma me miró burlón. Ya que era tan amiga nuestra, le pedí a Yuma la hiciera explicarnos cosas de los enemigos nuevos: cómo eran sus tierras y casas, qué sacrificaban a su dios, de qué hablaban al amanecer cuando se bañaban en el río, cómo partían el tiempo, por qué tenían algunas mujeres guerreras como ella y, sobre todo, cómo habían llegado a sus tierras los perros grandes de montar.

En vez de contestarme, Yuma miró lejos, le dijo algo a la mujer y luego a mí, debíamos dejar el cauce del río para ir rumbo al sitio que ella pedía, donde estaban los suyos. Para eso, teníamos que cruzar dos montañas. Las contemplé y le advertí a Yuma que allá no había agua, pero sí mucho frío y víboras; tal vez la guerrera flaca quería llevarnos a la muerte.

—Ella moriría también —respondió Yuma.

—Ella no, pues ya te ha dicho que el dios que lleva por dentro le da vida eterna.

—Tú los has visto morir, Opochtli.

—¿Entonces cómo es su vida eterna? ¿Su tonalli corre a meterse en cuerpos ajenos? ¿En los colibrís que hay del otro lado del mar?

—Su vida eterna está donde su dios.

—Sí, con Mictlantecuhtli que los tiene engañados. Recuerda que él es tramposo. Y su mujer más; Mictecacíhuatl, con la que pelea todo el tiempo. Dile cómo es el Mictlán.

—Hablas como si hubieras puesto atención cuando los sabedores nos hablaban de él en el telpochcalli.

Le recité de memoria los lugares del inframundo: Itzcuintlan: donde habita el perro. Tepeme Monamictlán: donde se juntan las montañas. Itztépetl: donde está la montaña de

obsidiana. Cehuelóyan: donde tupe la nieve. Pancuetlacaló-
yan: donde el viento se lleva a las personas. Temiminalóyan:
donde te atraviesan las flechas. Teyollocualóyan: donde te
comen el corazón. Apanohualóyan: donde cruzas el agua.
Chiconahualóyan: donde hay nuevas aguas.

—Eso no te hace menos duro de cabeza, Opochtli —dijo
con indiferencia de mi saber—, marchemos ya o toma tu camino junto con ese perro comedor de lo ajeno.

Los guerreros mexicas no me habían dicho dónde encontrar a Huemac, pero tenían por cierto que siempre aparecía
por donde Tonatiuh se levanta todos los días y no por donde
se esconde y deja de brillar. Detrás de nosotros, comenzaba
a esconderse, así que rumbo a las montañas volvería a nacer.
Quizá Huemac era muy sabedor de la guerra y entendía que
los enemigos nuevos no se adentrarían en nuestras montañas.
Allá lo encontraría a él y a sus Guerreros Águilas y Jaguares,
planeando el regreso a Tenochtitlan para echar a los enemigos
que humillaron a Moctezuma y darle valor a Cuauhtémoc.
Acepté ir con Yuma sabiendo que cuando Huemac y los demás vieran a la guerrera flaca, la tomarían prisionera. Habría un gran ir y venir de palabras sobre su destino. Matarla
o no porque a veces, ella se retorcía en el suelo y la señora
Tlazoltéotl se la llevaba a platicar. Pero no todos los guerreros respetan esas cosas; podían pasarla a cuchillo, entonces
no tendría más remedio que irse chillona donde su dios de los
brazos estirados y los pies juntos.

—¿Qué tanto piensas, Opochtli? ¿Vas o no con nosotros?
—Voy.

10

Cayó la noche y las montañas seguían distantes, lo parecían más porque, detrás de ellas, se había alzado Coyolxauhqui a iluminar la piel de cada una, acariciándolas con su luz fría.

Hicimos la fogata junto a unos árboles apretados que nos sirvieron de pared. Habíamos decidido seguir el viaje de día, pues a Yuma le volvieron a echar sangre las heridas. Yuma le preguntó a la mujer si cuando se iba a esos ensueños apalabraba cosas de importancia con Tlazoltéotl, ella se desconcertó con la pregunta y él tuvo que explicarle cómo entre nosotros los mexicas hay gente que se echa al suelo y se sacude por causa de Tlazoltéotl. La mujer echó fuego por sus ojos de agua cuando se le dijo que la señora Tlazoltéotl sacaba la tonalli del sacudido. Yuma abundó lo que pudo, le costó, pues no dominaba del todo el lenguaje de la mujer. Ella no dejaba de mirar las montañas, a Coyolxauhqui y, a ratos, también miraba los ojos tristones de Sihuca, donde se dibujaba la luz de Coyolxauhqui. Los ojos de la mujer comenzaron a parecerse a los ojos tristes del perro, a punto de derramar el agua de Tláloc. Me dieron ganas de decirle que si era por la tristeza de Sihuca no se fijara, pues ése era el mirar suyo de él, quizá desde que nació. Hay quienes tienen triste la mirada, pero el corazón alegre.

—Xanat Eleni quiere saber más de Tlazoltéotl, ¿tú qué recuerdas, Opochtli?

—Que es la señora que da las muchas ganas de estar en el petate con la hembra o el macho, la que...

Como si yo la hubiera invocado, la guerrera flaca se arrojó en el fuego y comenzó con sus sacudidas. Yuma buscó un tronco para empujarla fuera, yo no esperé a eso y la saqué de una patada. La dejamos seguir en lo suyo, porque si uno se metía, quien se pondría furiosa con nosotros sería Tlazoltéotl y se valdría de los dientes de la mujer para arrancarnos un trozo de carne. Así que la vimos revolcarse de aquí para allá. Sihuca también la miraba, ladeando la cabeza y llorando con algo de pena.

Cuando se quedó quieta, sus ojos estaban fijos en Coyolxauhqui, bañados de luz. Con quien la mujer parecía tener tratos era con Coyolxauhqui, que la arrullaba y le decía cosas tiernas y graciosas, pues ponía carita de bebé y de viejito a la vez, risueña y estúpida.

—Habla, nenita —dijo Yuma enternecido, acariciándole los cabellos—, habla con tu diosito. No tengas pena con nosotros.

—Se acabó el octli —le dije a Yuma.

—¿Cómo puedes pensar en eso ahora, Opochtli?

—¿Por qué no? Viene el frío, viene rápido. ¿Cómo aguantaremos la noche? Debiste preguntarle a tu amiga antes de que se fuera con Tlazoltéotl.

—Opochtli, eres de corazón duro. ¿Cómo es que te soporta tu joven mujer? He oído cómo la conociste. Su madre, Xóchitl, fue traída de una batalla, tu señor Tonatiuh te debía lo de un trabajo, le pediste a la mujer en vez de cacao. Cuando Xóchitl murió, tomaste a la hija como si nada. Eso se decía de ti.

—¿Lo decían quiénes? Seguro la yaya de mi mujer, que el señor Tonatiuh me incluyó en la paga, aunque yo no la quería. Las tres venían juntas. Yaya, madre e hija. No fue cosa mía. Sólo falta que inventen que también quise tomar a la yaya.

—Sí, duro, duro de corazón —dijo acariciando de nuevo los cabellos de la guerrera flaca, ella seguía quieta.

No pude reprocharle su pensar. Mi vida había sido distinta a la suya. No todo hombre vive la alegría de tener una sola barca que lo lleve por los causes del río donde hay buena pesca y las aguas no lo hundan. Su barca tuvo por nombre Yareni, la gente la llamaba pechos de aguamiel porque no sólo alimentó con ellos a los seis hijos que Yuma mencionó, sino a los ajenos, cuyas madres tenían secos los pechos y también a algunas crías de venados huérfanos.

Tláloc, celoso, se apersonó. Una gotita por acá, otra por allá. Como es un dios envidioso apagó la fogata para que no viniera Huehuetéotl, el señor del fuego, con el que siempre tenía rivalidad. Según mi saber, Tláloc nos preguntó con su ruido de lluvia: ¿quién es ésta que parece no ser mexica? ¿Por qué se mira tanto con Coyolxauhqui? ¿Se burlan de mí?

No le dimos respuesta, soltó su aguacero.

Yuma y yo levantamos a la mujer por los brazos y las piernas, fuimos a guarecernos bajo los árboles; los que soplan su olor fresco y bonito. Ahí la cubrimos con una tilmatli. Yuma le siguió hablando:

—Pobre Xanat Eleni, le tienes espanto a la señora Tlazoltéotl. No le hables, habla con tu dios, el que es padre, hijo y que su tonalli vive en tu gente.

El único que se contentó con la llegada de Tláloc fue Sihuca, que comenzó a correr de un lado a otro como si se hubiera vuelto yollopoliuhqui, de ésos que hacen desfiguros y se ríen solos en las calles. Estaba contento, le hacía fintas a la fogata que Tláloc había apagado, le ladraba a Coyolxauhqui, saltaba entre los charcos y plantas sin quedarse quieto. Yo lo miraba desde el cobijo de los árboles. Se me dibujaba una sonrisa y pensaba, cuando vuelva a Tenochtitlan se lo contaré todo a Zayetzi y seremos felices porque estamos juntos. La vida vale mucho cuando ya no te importa que dure poco.

Hago mi camino a Tenochtitlan, comencé a canturrear esa vieja canción de los primeros, de nuestros abuelos que llegaron de lejos, del lugar que llaman Aztlán, una tierra rodeada de aguas por todas partes.

Yuma dibujó su sonrisa de amigo y también comenzó a cantar conmigo: mi camino es espinoso, pero veo lejos el valle y el agua, me saco las espinas de los pies y sonrío, porque allá seremos felices, no hay espinas, allá el colibrí liba las flores y nuestras mujeres se ponen bonitas cuando el sol les pertenece, ríen de los jóvenes que las pretenden y los miran, se dicen en secreto cuál de ellos es el que quieren que vaya a pedirla a sus padres.

—Reconozco —comentó Yuma—, amigo Opochtli, que tu voz es bella para cantar. No es fuerte como la de los buenos cantores, pero sí suavecita y timbrada.

—Cuando termine la guerra —le dije a Yuma—, tú que eres sabedor de palabras harás los versos y yo los cantaré. Iremos por todas partes, tendremos fiesta. Buscaremos quien toque el flautín, el caracol y al golpeador de tambores.

Nos echamos a reír porque sabíamos que nada de eso iba a pasar. La vida les pasa a los jóvenes, a los viejos nos toca recordar.

Al amanecer me levanté y miré a Yuma encogido y tiritando de frío. La mujer no estaba cerca. No me importó. Tal vez se había ido a morir aparte, como hace cierta gente que considera íntimo el partir.

Fui a buscar ramas para hacer otra fogata, pero Tláloc no había dejado ninguna seca; sólo quedaba esperar la piedad de Tonatiuh, que se mostrara refulgente en el cielo. Desperté a Yuma. Al no ver a su lado a su Xanat Eleni, dibujó tristeza.

—Así mejor, amigo Yuma —dije—, ella era un poco yollopoliuhqui. Pero furiosa y argüendera como Mictlantecuhtli.

Entonces la descubrimos, caminaba atontada y fue a sentarse en una piedra. Yuma y yo nos miramos. Él fue a buscarla.

Saqué provisiones y comencé a comer mientras los veía platicar. Poco después, él regresó y me dijo:

—Tiene un hijo que echa en falta.

Me sorprendió su decir. Yuma cogió comida y fue a llevársela a la mujer, regresó enseguida:

—Tampoco quiere comer.

—Ya lo hará —repliqué, y seguí comiendo.

Al poco rato, continuamos hacia las montañas, que ya se miraban cerca. No hubo más palabras ni risas entre mi amigo y la mujer, no por causa de Yuma, sino porque ella no parecía contenta.

Todavía nos tomó mucho llegar a las montañas, porque cuando parecían cerca en realidad estaban lejos. Se reían de nosotros dando pasos atrás. Otra vez Coyolxauhqui las iluminaba desde lo alto, pero ése no era el final del camino; no podía ser. Me pregunté si el hijo de la mujer estaría muerto o del otro lado del mar esperando, como Zayetzi, a que terminara la guerra.

11

No logré ir donde va el corazón cuando se sale del cuerpo que se queda dormido. Pensaba en los enemigos y sus razones. Había oído que nuestra gente les dio teocuitlatl, al que ellos llamaban oro, para contentarlos. Fueron tontos nuestros mexicas, yo les hubiera pedido a cambio uno de esos perros grandes de montar.

¿Qué habría dicho Zayetzi si me viera llegar sujetando a uno y le dijera, mira, éste es mi amigo Edahi, que significa dios del viento? ¿Le habría dado nuestra comida o nos habría echado a los dos? Lo segundo. Pero cuando nos hubiera visto alejarnos nos habría alcanzado para decir: ¿Y qué come ese animal? Tráelo ya, Opochtli, porque tú querrás darle octli. Ven conmigo, Edahi, este viejo no te va a cuidar bien.

¿Qué comían esos perros grandes? ¿Chapulines? ¿Hierba? ¿Flores? Lo habría alimentado con lo que me pidiera, porque una cosa yo digo: son perros de ojos tiernos que, además, dejan que el hombre vaya en sus lomos y lo remonta a donde sea. No dudaría de que algunos tienen alas. Qué risa imaginarme volando en Edahi y que Tonatiuh me viera desde su palacio. ¡Baja aquí, Opochtli, que tengo un encargo nuevo para ti!

Otra cosa que no me dejó ir donde va el corazón cuando se sale del cuerpo, fue el preguntarme a dónde iría el corazón de Yuma. ¿A buscar consejos de nuestros sabios muertos para tener las palabras que convencieran a los enemigos de irse?,

¿dónde está el dios de brazos estirados y pies juntos para decirle que era bienvenido, pero que les ordenara a sus guerreros dejar de hacer charcos de sangre con los mexicas? O tal vez... el corazón de Yuma no estaba lejos, más bien cerquita de la mujer a la que había hecho su amiga.

Los hombres nunca vamos donde decimos. Uno camina hacia lo contrario, yo me alejaba de lo mío, y ese alejarme era porque hacía mi camino a Tenochtitlan. Lo enredoso es que el hombre se aleja porque lo que quiere es regresar. Se aleja de su casa, de su mujer, de sus hijos, de sus dioses, de todo se aleja queriendo volver, extraviándose en el camino. A los dioses les da risa que el hombre se pierda porque ellos nunca lo están en su mundo. Pocos son los dioses que no se ríen de nosotros y quisieran decirnos cómo volver de donde nos fuimos. Pero no pueden decirlo, pues como ya dije, ellos no saben lo que es perderse.

Llegamos donde las montañas se juntan y encontramos agua. No pensé que la hubiera en ese lugar. Me despojé de mis cosas y corrí a bañarme. Le pedí a Yuma que hiciera lo mismo y le dijera a la mujer que podía escoger un sitio apartado de nuestras miradas. Yuma se lo dijo y luego me respondió:

—Dice que bañarse a menudo no es bueno, que el cuerpo se enferma...

Dicho esto, la mujer se hizo de trapos, los mojó y se fue por ahí a limpiar su intimidad.

—Acércate —le pedí a Yuma a mitad del agua—, te quiero decir algo de mucha importancia.

Caminó hasta mí con el agua llegándole al pecho.

—¿Qué? —interrogó.

Pegué un salto y le hundí la cabeza. Salió tosiendo un buche de agua. Me llamó yollopoliuhqui, me eché a reír y le volví a hacer lo mismo. Esta vez se defendió y comenzamos a guerrear y a reír.

—¡Para ya, Opochtli! ¡Deja de ser un niño! —me gritaba, y yo me le iba con los dedos a la tripa para doblegarlo a cosquillas.

La mujer nos miró curiosa, su cara se quería reír pero no su corazón, así que apretaba la boca. Sihuca nos ladraba con ganas de jugar, pero le tenía miedo al agua. Hay que decirlo, el agua de las montañas es más fría que la que corre entre las calles de Tenochtitlan. Éstas son tibias cuando llega la tarde. A los niños les gusta entrar en ellas y el tlatoani lo permite, siempre y cuando sus madres ya los hayan bañado en el calpulli.

Al poco tiempo nos despedimos de las montañas juntas y bajamos al valle. A lo lejos se divisaron plumas y escudos coloridos. Mi corazón sonrió, pues pensé que serían Huemac y sus guerreros. La mujer se encogió de miedo, Yuma le dijo que no tenía nada de qué preocuparse. Cuando los tuvimos cerca, Yuma y yo reconocimos al gordo que seis guerreros acarreaban en un petate tieso y elevado. Era Chicomácatl, el gobernante totonaca de Cempoala, muy ataviado de plumas, jade y adornos. Los guerreros lo bajaron al suelo y lo ayudaron a ponerse de pie. Aquel hombre era el más carnoso de todos los que existían en el mundo, seguro que cuando se fuera al Mictlán, Mictlantecuhtli y su mujer se iban a dar un buen festín.

—¿Quién es ésa? —señaló a la mujer.

Yuma le explicó lo del dios padre, el hijo y su tonalli.

—No parece que tenga la tonalli de ningún dios —dijo Chicomácatl.

—Su carne es como su disfraz —aclaró Yuma.

Chicomácatl la miró otro poco y luego le hizo una seña a uno de sus guerreros, éste le acercó una caja, Chicomácatl la abrió y revolvió adornos, plumas coloridas y jades.

—Dile a ella —le pidió a Yuma—, que le daré algo de aquí si se tira conmigo en el petate.

A Yuma le costó decirle tal cosa a la guerrera flaca. Ella le respondió. No entendimos sus palabras, pero se escuchaban duras.

—No quiere ser tu mujer —le explicó Yuma a Chicomácatl.

—Lo tiene que ser porque su gobernante, el de los pelos en la cara, me debe favores. A ustedes dos los dejaré que se vayan, pues tú, Yuma, siempre fuiste de palabras sabias cuando les pagábamos tributo a los mexicas y hacías que tus gobernantes fueran menos injustos. Y tú, Opochtli, mereces respeto porque fuiste Guerrero Águila.

—Lo sigo siendo.

Dibujó una mueca burlona y dijo:

—Váyanse ya o me los como a los dos.

—No la podemos dejar aquí —Yuma cubrió a la mujer.

Uno de los guerreros llevó una mano a su cuchillo. Yuma y yo nos miramos. Ellos nos superaban en número.

—También ese perro se queda, me lo voy a comer.

—El perro se llama Sihuca —expliqué—, y no te lo puedo dejar. —Puse una mano sobre mi cuchillo.

—¿Por qué le tienes cariño?

—Porque se lo ha ganado.

—Creemos que viene de casa del principal Tonatiuh —añadió Yuma.

—Entonces más lo quiero, que él vea que los totonacas ya no lo respetamos. Ni a ninguno de sus tlatoani.

—Somos pueblos amigos —le recordó Yuma.

—¿Amigos? Ustedes, los mexicas, han hecho rodar las cabezas de nuestra gente hermosa. Se llevan a nuestras niñas para que Huitzilopochtli se complazca. Cada mano de maíz que hacemos crecer es de ustedes. Así que estamos felices porque han venido los nuevos guerreros a derrotarlos.

—Todo eso es verdad —dije—, pero a Sihuca no te lo dejo. ¿Quieres que trabe combate con uno de tus guerreros?

—No es mala idea —respondió—, pero que sea con dos.

—Yo la tendré con otros dos por la mujer —agregó Yuma.

—Mejor váyanse ya —resolvió Chicomácatl con un gesto afeminado—. Me aburren.

Le hice una señal a Yuma para marcharnos. No quería moverse y me lo llevé por la fuerza. Una vez que estuvimos lejos de Chicomácatl le recordé que nos habían dejado las provisiones y las armas, así que volveríamos de noche. No lo noté convencido y le dije:

—Nada le pasará a tu guerrera, la tonalli de su dios está en ella. A mí me preocupa Sihuca, ése no tiene dios…

12

Ya frente a la fogata Huehuetéotl, señor del fuego, enterneció el corazón de mi amigo, le calentó los huesos y lo puso de buenas. Con el crepitar de las llamas Yuma estiró un poco la sonrisa. Recordaba cuando éramos niños e íbamos por todo lo ancho de las calles de Tenochtitlan, jugando a ser Guerreros Jaguares, dándonos zarpazos y haciendo ruidos ridículos que la gente nos reprochaba. A la mayoría de los mexicas les gusta el silencio. Ameca, el padre de Yuma, lo hacía callar cuando llegábamos a su casa, yo hacía el bizco para que Yuma se echara a reír, pero nunca lo conseguí. Le tenía mucho respeto a su padre. Yo al mío, pero como fue hombre risueño como yo, también me permitía serlo.

—¿Por qué estabas dispuesto a dar la vida por el perro y no por Xanat Eleni? —me interrogó.

—Porque Sihuca es más mi amigo mío de mí —dije—. Además, ella no se llama Xanat ni tampoco su dios vive en su cuerpo. ¿Qué brebaje te dio esa guerrera flaca para que creas esas cosas?

Yuma se llevó el jarro de atole a la boca, quedó triste y pensativo.

—Eres de buen corazón, viejo Yuma, pero deberías darte cuenta que ella sólo quiere que la lleves con los suyos porque está perdida.

—Yo tampoco sé dónde están los suyos. Ella sí, se guía por los ojos de la noche.

—Es verdad, pero sola no puede sortear al ocelote, a la que se arrastra, a nuestros guerreros que le salgan en el camino.

—¿Y qué hay de malo en llevarla donde los suyos? ¿No honramos a Yacatecuhtli porque cuida al viajero?

—Para eso está él, no nosotros, Yuma. Los dioses hacen su tarea, el mexica la suya.

—No hay nada malo en ser como los dioses.

Lo miré sorprendido.

—¿De dónde sacas esa estupidez?

Sus ojos me lo revelaron. Muchas de las cosas que la guerrera flaca le decía no me las compartía.

—¿Eso quiere decir que piensas desatar una tormenta como lo hace Tláloc o ser el gran señor de la guerra como Huitzilopochtli? ¿A cuál de todos los dioses quieres imitar y por qué?

No me respondió, ni quise saberlo. Miré a Coyolxauhqui sobre la montaña. Ya estaba ahí la iluminadora, era hora de volver por Sihuca y la mujer. Habría que tomar por sorpresa a los totonacas. Yuma quiso saber cómo lo haríamos, ellos eran un puñado, nosotros sólo dos. Él estaba herido, se movía torpemente, y pensándolo bien, yo no estaba en mis mejores tiempos de Guerrero Águila.

Le mostré un tirafuego de los enemigos nuevos, el que me había traído con las provisiones.

—Le llaman arcabuz, Opochtli.

—¿Lo sabes usar?

—¿Traes lo que se le pone adentro?

Revisé el itacate y le mostré.

—A esas bolas les llaman plomo —explicó—, y a estos polvos, los doce apóstoles. El arcabuz se rellena con todo eso. Esa cuerda hay que prenderla y tirar de aquí.

No entendí las palabras que decía en la lengua de esa gente, pero lo importante era el arma:

—¿Cuántos guerreros podemos hacer caer con esto?

—A uno solo, luego habrá que preparar de nuevo el arcabuz.

—Entonces mi idea no es tan buena.

—Lo es, porque esto pega de más lejos y causa espanto. Podemos escondernos entre los árboles, tirar y pegarles, rellenar el arma y pegar otra vez. Ahora bien, si al primero que derrumbamos es a Chicomácatl, sus guerreros pueden ahuyentarse.

Me pareció que decía cosas sabias, como era su costumbre.

—Si quedan pocos, los enfrentaremos con nuestras armas. Y, en todo caso, si nos derrotan, voy a pedir el honor del guerrero vencido, le diré a Chicomácatl que tome mi vida y deje ir a Xanat Eleni.

—Ahora entiendo por qué te decíamos el sabio tonto en el telpochcalli —le reproché—. Discurriste bien el ataque, pero rematas con una estupidez. El totonaca gordo lo que hará será comernos si no los vencemos.

—¿Entonces qué queda?

—Perder o ganar; nunca ha habido más que eso en la batalla.

Estuvo de acuerdo.

Cogimos las cosas y emprendimos el regreso a donde las montañas se juntan. Los totonacas estaban en torno a la fogata. Nos quedamos detrás de los árboles preparando el tirafuego, cuando estuvo listo, trepamos hasta alcanzar la rama más ancha y más firme.

—No veo al gordo.

—Quizá es aquel bulto. —Yuma señaló algo que parecía quieto y sinuoso.

Tampoco se veía a la mujer ni a Sihuca; nuestro temor fue que Chicomácatl la tuviera bajo las cobijas y al perro en la barriga.

Yuma levantó el tirafuego y apuntó. Yo cogí las piedras que sacan chispas, las choqué una contra otra y la acerqué a la cuerda del tirafuego, ésta se encendió y se quemó rápido. Más rápido fue el rugido que estalló en la fogata haciendo saltar a todos los totonacas, como si el señor Huehuetéotl hubiera salido de las llamas para devorarlos. Pero no derribamos a nadie, a Yuma se le escapó el tirafuego de las manos y cayó del árbol.

Al ver que los guerreros seguían espantados, bajé del árbol como un ozomatli. Recuperé el tirafuego, trepé y me quedé a la mitad porque me dio un torzón. Yuma estiró un brazo; le pasé el tirafuego mientras yo me pegaba golpes en la pierna tiesa. Cuando llegué a la rama, yo apunté y Yuma sacó las chispas con las piedras. Disparé y el grito del totonaca me hizo sentir alegría, no porque le sacara la tonalli del cuerpo, sino porque conseguimos la primera victoria. Pero la alegría se acompañó de dolor porque el tirafuego se sacudió como si también tuviera una tonalli y me pegó en la cara haciéndome caer del árbol.

¡Ilumíname!, le pedía a la señora Coyolxauhqui, buscando el tirafuego entre la hierba, mientras los totonacas comenzaron a tirarnos flechas. Cuando vi caer a Yuma del árbol pensé que lo había atravesado, pero sólo había caído por viejo y torpe como yo.

—¡Tira ya, Opochtli! —me gritó, señalando a Chicomácatl, que también levantaba el arco.

Le apunté, esta vez quité la cara para no recibir el golpe del arma cuando se sacudiera, disparé y Chicomácatl cayó hacia atrás, ancho, de manos y piernas abiertas. Los totonacas lloraron a su modo y luego huyeron. Fuimos hasta la fogata. Ese arcabuz había causado gran daño, no nada más por los muertos, entre ellos Chicomácatl que se había quedado sin su cara, sólo se reconocía por sus buenos atavíos, adornos y sus muchas carnes. La fogata también estaba dispersa. Mi corazón se contristó; sería difícil derrotar a los enemigos nuevos si traían consigo muchos tirafuego.

Yuma quitó la tilmatli del bulto que antes nos había parecido Chicomácatl; eran la guerrera flaca y Sihuca arrebujado en su vientre. La mujer estaba tonta, le habían dado semillas de ololiuhqui; las encontré entre las cosas de los guerreros y me las guardé, a veces era bueno tomarlas, cuando el dolor de las heridas era grande.

—¿Qué dice? —le pregunté a Yuma cuando oí decir algo a la mujer, riendo.

—Que parecemos ángeles.

13

—¿Ángeles?

Yuma le dijo mi pregunta a la guerrera flaca y cruzaron muchas palabras antes de que él me respondiera. Ella, que comenzaba a entender nuestra lengua, no lo dejaba terminar para que no olvidara decirme otras cosas. Yo sabía que ése era su pedir porque también se me habían aclarado palabras de su lengua.

Al final, el dios de los brazos estirados y los pies juntos comenzó a parecerme peligroso. De ser uno pasó a ser tres. Una parte de él —su tonalli— estaba en los enemigos nuevos, que tenían armas poderosas como el arcabuz. Además, ese dios tenía un ejército de ángeles listos para la batalla.

La guerrera flaca negó haber dicho que Yuma y yo parecíamos ángeles. Le dio risa. Según su decir esos guerreros eran muy grandes, alados y con fuego en los ojos, y nosotros, flacos y feos como Sihuca, el perro.

Los dejé hablando y fui a asearme al río. Esta vez Sihuca fue detrás de mí y también se zambuyó. Era buen nadador y me traía de vuelta las ramas que le arrojaba. Le dije que cuando volviéramos a Tenochtitlan debía seguirme la corriente para que Zayetzi lo dejara vivir en nuestro calpulli. A Zayetzi le diría que Sihuca había pertenecido a un gobernante, pero que éste tuvo un sueño donde Chantico, señora de los tesoros, le dijo que debía dárselo por obsequio al Guerrero

Águila que hubiera recibido pocos honores en vida. Zayetzi torcería la boca y aceptaría a Sihuca a regañadientes, pero con el tiempo lo cuidaría mejor que yo, porque mi muchacha era de esas mujeres que se convierten en madres de todo lo pequeño. De ese modo es que su jardín siempre tiene colibrís y, a veces, los niños vienen a que ella los ayude para que sus madres no los reprendan.

La guerrera flaca y Yuma me esperaban con el atole calentándose en la fogata.

—Ella dice que es tu turno.

—¿Mi turno de qué?

—De recibir honores por haberla salvado de los totonacas. Su tlatoani, que se llama Carlos cinco dedos, nos lo agradece con lenguaje florido.

Miré alrededor.

—¿Dónde está ese tlatoani? No lo veo.

—Habla a través de ella.

—Dile que yo sólo quería salvar a Sihuca.

—Opochtli, doblega tu corazón. Es un gran honor el que nos ofrece.

—¿A cambio de qué?

—De aceptar a su tlatoani.

—Antes era sólo a su dios, ahora pide más. Dile que ya tenemos un gobernante, se llama Cuauhtémoc.

Yuma y yo discurrimos largo rato sobre qué camino seguir. Yo —como siempre— queriendo encontrar a Huemac y sus guerreros. Ellos esperando que los ojos de la noche dijeran el rumbo.

Los caminos de Tenochtitlan se tienden de muchas formas, mientras algunos se colman de flores y ríos, otros, si no tienes cuidado, te pueden llevar al Mictlán aún sin haber dejado el cuerpo, o a lugares donde los dioses paran de hablar y te descubren ahí con tu cara de tonto perdido. ¿Qué haces aquí?, te preguntan. Si tienen piedad te dejan quedarte en su mundo de mucha abundancia, pero también puede ser que ya no te dejen salir de su valle de sombras, o bien que te echen y termines de sitio en sitio, siempre añorando tu camino de regreso a Tenochtitlan, donde tenías tu vida tuya de ti.

Hay buenos entendedores de los caminos, Yuma y yo no lo éramos, menos la guerrera flaca, pues venía del otro lado del mar. Sólo nos quedaba guiarnos por el recuerdo de las veces que emprendimos el viaje y por la ayuda de Tonatiuh en el día y de Coyolxauhqui por la noche. Tonatiuh era mi guía, pues despertaba siempre por el mismo lugar. Y de la mujer, Coyolxauhqui y sus muchos ojos que brillaban en la oscuridad.

Le pregunté a Yuma por qué no dejaba ir sola a la mujer. Un hombre de grandes palabras como él podría ser de utilidad bajo el comando de Huemac. Le recordé lo que me había contado de cómo los enemigos nuevos habían hecho trampa para matar a los mexicas en el templo grande. Lo mismo podía pasarle. ¿Qué sucedía con él? ¿Se estaba convirtiendo en otro Moctezuma? ¿Quería morir a pedradas? ¿Qué era eso que él podía darles para que se fueran por donde vinieron? ¿Sería suficiente? Ya la guerrera flaca había dicho que sus guerreros eran ambiciosos.

—Ella nos quiere contar algo —dijo Yuma—. Escúchala.

Yuma le pidió que hablara despacio para poderla entender. Yo miraba la boca de la mujer tirando palabras, con ganas de aprender algunas más, advertí sus ojos pálidos mirándome mientras bebíamos el atole. A ratos, la mujer dejaba correr el silencio para que Yuma ajustara lo dicho a nuestro lenguaje. La guerrera flaca nos contó que, en los tiempos en que su dios fue hombre, la gente le quiso tirar piedras a una mujer porque la encontraron en el petate con un hombre que no era su señor. Ella corrió a esconderse detrás de dios y éste les dijo a los furiosos que sólo podría apedrearla quien siempre hubiera sido bueno. Nadie lo hizo, todos se fueron muy enojados.

—¿Por qué no dejó que la apedrearan si había engañado a su hombre? —pregunté.

—Por compasión —Yuma dijo esa palabra.

—¿Compasión?

—Compasión —la repitió él más despacio.

—¿Hay un modo nuestro de decir eso?

—Teicnoittaliztli.

Escuché la palabra y medité. Todos sentíamos eso cuando los nenes lloraban, a los viejos se les caían los dientes y se les iba la memoria, cuando no queríamos que la tonalli de lo muy amado se fuera del mundo, y hasta cuando los granitos del maíz se pudrían si las muchas lluvias los estropeaban. Pero si una mujer se tiraba en el petate con uno que no fuera su hombre, la teicnoittaliztli la sentíamos por el hombre de esa mujer. Le pedí a Yuma que se lo dijera a la guerrera flaca. Entonces ella le hizo decirme que no había entendido nada.

—Y si el dios es bueno, ¿por qué no la mató de una buena pedrada? Él sí podía hacerlo.

Yuma me miró con desesperación. La mujer le tocó una mano, era la primera vez que lo hacía, como para que me tuviera paciencia. Como si él quisiera apedrearme y ella fuera el dios de los brazos estirados y los pies juntos pidiéndole que me tuviera teicnoittaliztli.

La mujer le habló sin soltarle la mano y él asentía sumiso. Luego, me dijo:

—A ver si esto sí lo entiendes. Su dios es un dios de amor.

—¿Como Xochiquetzal?

—No de ese amor. Escucha, esto dice ella y yo lo pongo en las palabras que puedo. Estando su dios a punto de ser tomado por sus enemigos, un guerrero quiso protegerlo y le cortó la oreja al que quiso tomar al dios bueno, pero el dios bueno le pegó la oreja en su sitio al guerrero. ¿Entiendes, Opochtli?

Me quedé callado, tratando de no decir nada para que Yuma no me siguiera achacando mi idiotez. Entendí por qué le gustaba ese dios, se parecía a él. Yuma era así de bueno sin ser dios, era de mucha teicnoittaliztli. Yuma le habría pegado la oreja a cualquiera en su sitio de haber tenido ese poder.

Me dio curiosidad y le pregunté qué otros poderes tenía ese dios.

La mujer dijo que su dios llegó a quitar enfermedades, hizo ver a los ciegos, andar a los tullidos, había vuelto a la vida a un hombre y a un pájaro, cuidaba a los niños y a las prostitutas, pues todos eran sus hijos.

Todo dios debe tener algo de malo, así le dije a la mujer.

—Ella dice que, a veces, su dios tiene mal carácter. Una vez echó a golpes de un templo a unos borrachos y mercaderes; otro día el dios estaba enseñando en el telpochcalli cuando alguien le dijo que su madre y sus hermanos lo buscaban para hablarle, él contestó que no tenía madre ni hermanos y que lo dejaran en paz. Ése y otros hechos del dios de los brazos estirados y los pies juntos nos contó la mujer, para decirnos que, a diferencia de nuestros dioses, el suyo era un gran perdonador, aunque a veces se enfadara porque tenía carnes de hombre. No andaba por ahí como Huehuetéotl, pidiéndole a los demás que se arrojaran al fuego. O como Tlazoltéotl, comiéndose las porquerías de nadie. Nos contó cómo lo mataron sus enemigos. Primero le dieron de latigazos —seguramente con nopales espinosos—, luego lo alzaron en un madero y lo clavaron de pies y manos; de ahí que se volviera el gran señor de los brazos estirados y los pies juntos. A punto de morir, levantó la cara y le preguntó a su padre, dios, ¿por qué me dejas morir así?, en tus manos dejo mi tonalli. Haz lo que quieras con ella. Yo ya muero.

Me quedé repensando todo aquello. Tal vez si su dios hubiera estado con Moctezuma nadie lo hubiera apedreado.

No me pareció bien que la mujer nos regalara conocimiento sin darle otro a cambio. Le pedí a Yuma que le contara que nosotros los mexicas también castigábamos a las mujeres cuando se tiraban en el petate con un hombre que no era el suyo. Su dios fue sabio al evitar las pedradas, pero debía entender que los padres de los novios hicieron un gran esfuerzo al preguntar al sabio del templo si la unión sería armoniosa. Los padres de él enviaban a dos ancianas con flores, comida y juguetitos para los padres de la muchacha. Había que imaginar al novio todo tolondro, esperando a que las ancianas regresaran con un sí o un no. Esa noche el tolondro no daba una, tanto que cantaba a las flores y se tropezaba con las piedras. Si la respuesta era un sí, entonces una mujer fuerte, bien entrada en carnes (como lo fuera la vieja espanto, yaya de mi muchacha), llevaba a la novia en sus espaldas hasta la puerta del novio, donde a ambos se les ataban las ropas y después se hacía la gran fiesta. Los viejos podíamos beber octli mientras los jóvenes reían y chanceaban. Todo eso no podía ser arruinado por un hombre ajeno, una mala mujer y un petate.

Bajando la voz, le dije a Yuma que no entrara en detalles diciéndole a la guerrera flaca que en mi unión con Zayetzi el sabio no me recibió en el templo, y no porque llegara un poco perjudicado por el octli, sino porque ya antes había perdido a una mujer. El sabio pensaba que a mis años lo que debía hacer era comenzar a perder los dientes. Las flores que le envié a la yaya de mi muchacha me las devolvió embarradas con caca de perro. Yuma debía quitar todo eso del relato y, de paso, añadir cosas que, en el entender de Yuma, les dieran sabiduría a mis palabras.

Ya, por último, le pedí que le dijera a la guerrera flaca que no todos nuestros dioses eran duros y feroces. Ahí estaba Chalchiuhtlicue, dadora de abundancia a los ríos y las aguas grandes. Prueba de su bondad, de su compasión, de su teicnoittaliztli, fue la vez que unos hombres se iban a ahogar: Chalchiuhtlicue los convirtió en peces para que pudieran nadar y vivir debajo del agua. No necesitábamos, pues, a su dios. Y tampoco debía pedirnos a los mexicas recibirlo, eso era cosa de nuestros dioses, tan celosos como lo era el suyo. Ella misma lo había llamado así, dios celoso.

14

Había que alcanzar la cintura de la señora Iztaccíhuatl, trepar a su hombro, bajar del otro lado a sus nalgas, subirlas y llegar a sus pies. Pero había que hacerlo antes de que se tapara con su tilmatli blanca.

La guerrera nos dijo que de donde ella venía el frío podía ser más duro que el de aquella diosa nuestra; éramos nosotros los que debíamos preocuparnos, pues había visto que en Tenochtitlan todo el tiempo había pájaros, flores y la alegría de Tonatiuh. Sería bueno cazar animales medianos y quitarles el pelo para cubrirnos con su pelaje. Ella sabía hacer esas cosas.

—Dile que para ser mujer sabe mucho y lo respeto.

Yuma se lo explicó y ella dio su respuesta.

—Lo mismo dicen los hombres de donde ella viene, la respetan, aunque son tontos como nosotros.

Me eché a reír.

—No rías así —dijo Yuma—; un hombre y una mujer son la misma cosa frente a los dioses; somos nosotros los que no lo pensamos así…

Yo amaba a Iztaccíhuatl, ya lo he dicho, porque el último de mis viajes sería para acurrucarme en su vientre, no sin antes mezclar lo mío de mí con lo suyo. Después, los mexicas verían a la Mujer Acostada y no le encontrarían cintura sino un vientre redondo, luego la mirarían parir al hijo del viejo

Opochtli. (Qué risa). Todo esto sería mentira, todo lo soñaría acurrucado en el vientre frío de Iztaccíhuatl, muriendo y pensando en mis días junto a Zayetzi.

Quizá no deba ir con ellos, pensé, quizá deba buscar a Huemac en otra parte. Cuando se es viejo y se fue guerrero ya no se sabe si uno es tonto o cobarde al dudar. Atrás no había encontrado a Huemac, atrás no quedaba nadie, sólo las pocas batallas, los totonacas, los enemigos nuevos muertos, las cuevas, el gordo Chicomácatl comido por zopilotes. Tenochtitlan también quedaba atrás, pero para regresar ahí tenía que ir lejos. Ése era el único modo.

—¿Qué tanto miras?

La pregunta de Yuma me pareció otra, una que decía, ¿tienes miedo, Opochtli?

Lo tenía al mirar que Iztaccíhuatl se iba vistiendo de blanco. Comenzamos a subir por su cuerpo acostado, en los ojos de Sihuca vi nuestra estupidez. Era como bajar al reino de Mictlantecuhtli sin que éste te hubiera llamado. La guerrera flaca dijo que lo mejor era quedarnos toda la noche debajo del cuello de Iztaccíhuatl, así el viento nos pasaría por encima. Después podríamos seguir adelante con el brillo de Tonatiuh.

—Pregúntale cómo sabe todo eso si no ha estado aquí.

—Ella conoce otras montañas.

—No sé cómo son las montañas de donde viene. Pero aquí cada una tiene su modo, las hay juguetonas, maliciosas, buenas, embaucadoras. Las que se quedan quietas y las que se mueven lejos haciéndote creer que ya están cerca.

Mi decir le sacó una sonrisa de burla a la mujer. Echamos palabra hasta que impuse mi voluntad, no porque el decir de ella fuera poco cuerdo, sino porque la terquedad siempre fue mi modo de ser. Además, no quería deberle favores a la guerrera flaca y que su dios me los viniera a cobrar.

Me indignó que Yuma se pusiera de su lado.

—¿Por qué te empeñas en irte? —me preguntó.

—Porque tengo que encontrar pronto a Huemac, Tenochtitlan no puede esperar.

—Opochtli —volvió a decir Yuma—, no subas a la cabeza de Iztaccíhuatl, te va a engañar el seso y te llevará al sueño para matarte de frío.

Les hice la mueca de Tláloc cuando va a lanzar su tormenta y le dije a Yuma que caminaría más rápido que un tameme. Cargué un bulto en la espalda y me marché. Le fui diciendo a Sihuca que nos habíamos librado de la guerrera flaca y que Yuma no tenía tanto entendimiento como creía, pues había sucumbido a sus hechizos. Pobre de él, le dije a Sihuca, no lo juzgues severamente, es bueno como Moctezuma, los enemigos nuevos lo van a humillar, luego dejarán que seamos nosotros los que lo apedreemos...

Llegamos a la cabeza de Iztaccíhuatl cuando Coyolxauhqui iluminaba su cima, pintándola del color con el que se blanquea a los sacrificados. Sihuca lanzó un breve quejido al modo de su lenguaje. Busqué a qué se debía entonces escuché el respiro de Iztaccíhuatl, si nos alcanzaba quedaríamos tiesos. Sólo quedaba regresar a escondernos en el cuello, como había dicho la mujer, o correr hasta la cintura.

—Sihuca —le indiqué a mi amigo—, tú puedes regresar, yo soy muy orgulloso, así que seguiré mi camino.

Caminé no como un tameme —eso había sido cuento—, pero sí deprisa. Sihuca detrás de mí.

—Eres más fiel que el octli en el corazón —le dije—, cuando muera te irás conmigo al Mictlán y engañaremos a Mictlantecuhtli y a su odiosa mujer para no quedarnos en su reino de oscuridad. Nos iremos a Xochatlapan a vivir como recién nacidos. Jugaremos todo el tiempo, amigo. Creceremos despacio y seremos traviesos.

El frío de Iztaccíhuatl nos alcanzó y ya no pudimos seguir. Comenzaron a caer pedacitos de trapos blancos que cubrieron el cuerpo de la señora. Comencé a escarbar los trapitos para escondernos debajo. A ratos me detenía porque mis dedos se ponían tiesos, pero Sihuca fue listo y también cavó hasta que logramos hacer un buen agujero y ahí nos metimos. Me senté, me cubrí con la tilmatli y bajé la cabeza. Sihuca se refugió en mi regazo.

No bastó el calorcito de Sihuca ni la tilmatli, afuera la señora Iztaccíhuatl estaba cada vez más furiosa de que hubiéramos llegado hasta su cabeza, entonces salí del agujero y saqué del itacate semillas de ololiuhqui, las machaqué con una piedra, las revolví con la escarcha fría y las eché en el jarrito, regresé al agujero, me senté; Sihuca temblaba mucho. Bebí el agua de las semillas, eché un poco de agua en el hocico del perro, pronto estaríamos lejos de nosotros mismos, movidos por el viento que soplara la señora Iztaccíhuatl, burlándonos de que hubiera querido helarnos con sus abrazos.

15

¡Viejo mustio! ¡Viejo borracho!

La luz del señor Tzontemoc, el que brilla y agoniza detrás de los montes y estalla en colores de sangre, me trajo a la vieja deforme, todavía más borrosa que como me la dibujaba el octli. La vieja llegó frente a mí, brazos en jarra. Yo estaba sentado contra la piedra redonda que nuestros mexicas habían terminado de hacer, ésa que habla de lo que somos y de dónde vinimos.

Levanté la cara y la miré.

—¿Qué haces ahí tirado? —me preguntó—. ¿No sabes que tienes muchos problemas?

—Uno solo, la vejez.

Elevó los ojos al cielo y dijo:

—Un sirviente de tu señor Tonatiuh vino a buscarte al calpulli. Robaron algo que le pertenece.

—Yo no he sido.

—¡Loco! ¡Quiere que tú se lo encuentres!

Mi mirada torpe quiso que la vieja espanto se quedara en un solo lugar, pero se movía de un lado al otro.

—También te digo, tu mujer ya está echando al nene.

Me levanté sujetándome de la piedra y le tendí el brazo a la vieja para que me sirviera de bastón.

—Vamos ya, amiga.

—No me llames así. Y no quiero que tu señor Tonatiuh me vea contigo.

—No voy a verlo a él. ¿Por qué dejaste sola a Zayetzi? Hubieras enviado a un sirviente a buscarme.

—¿A cuál de todos los que no tienes? Primero debes ir donde tu señor y servirle.

—No, vieja agria. Ya va a nacer el nene. A Tonatiuh que se lo coman los perros.

—Que no te oiga…

—¿Le dirás que dije eso? Sí, eres capaz. Me denunciarías con tal de librarte de mí.

Me miró feo y se fue, pero se lo pensó un poco y regresó a decirme que le había roto el camino a Zayetzi. El camino de pertenecer a un joven querido por los gobernantes, el de ser una mujer paridora de flores y niños.

—Mira lo que has hecho con ella, viejo arruinado —se quejó y esta vez se marchó.

Levanté los ojos, Tzontemoc estaba siendo severo conmigo, además de serlo con las piedras, los templos y las flores que se marchitaban. Todo lo quemaba ese dios con tal fulgor que le pedí a Tláloc que viniera a hacerle la guerra. Pero Tzontemoc me hizo tropezar con la piedra y mancharla de sangre. Pensé en Zayetzi, estaría luchando porque la tonalli del nene escuchara sus gritos y ella lo ayudara a venir de su mundo oscuro.

¡Opochtli! ¡Opochtli!, gritaba la voz que se parecía a la de Zayetzi, pero también a la de su yaya y a la de mi señor Tonatiuh, todos juntos reclamando mi presencia.

¡Opochtli! ¡Opochtli!

Comenzaron a golpearme con espinas, como en el telpochcalli, cuando los niños nos portábamos mal. Hice ruidos de lo que alguna vez fui, Guerrero Águila, formé mis garras dispuesto a la batalla, entonces miré que Yuma y la guerrera flaca eran quienes me pegaban, pero no con espinas sino con las manos abiertas, tratando de calentarme los huesos. Apenas podía abrir los ojos porque hasta los párpados se me habían entumido por culpa de la señora Iztaccíhuatl.

Abrí los brazos y miré a Sihuca; su hocico estaba abierto, su nariz, antes negra, escarchada. Me miré dibujado en sus ojos opacos. Amigo mío de mí, le dije sonriendo, ¡despierta ya! Tenemos que seguir el camino a Xochatlapan, donde siempre seremos niños, pero antes habrás de acompañarme a encontrar a Huemac.

—Su tonalli se fue —explicó Yuma.

—¡No digas así! El buen Sihuca sólo duerme... ¿Qué cosas habla la guerrera flaca?

—Dice que los perros no tienen tonalli.

—¡La tienen! —grité en el lenguaje de ella—. ¡La tienen!

La boca de Iztaccíhuatl sopló su frialdad. Entonces ya no la amé tanto, ya no sentí alegría viéndola ahí toda señora acostada. Soplé quedo y tibio en los ojos de Sihuca, porque a veces así regresa la tonalli. Pero mi amigo mío de mí siguió quieto, cubierto por la fina escarcha. Levanté los ojos, miré a Yuma y a la mujer y les dije:

—No duerme, aunque duerma...

Cobijé a mi amigo en mis brazos, recordando que eso mismo hice cuando llegué a mi calpulli y el nene de mi muchacha se había vuelto al Chichihualcuauhco, donde su tonalli y la de otros nenes tomaban el dulce aguamiel del árbol bueno.

—Ella me pregunta por qué lloras, Opochtli.

No dije nada, sólo seguí abrazando a Sihuca.

16

Hubiera querido envolver a mi amigo en un petate y quemarlo con buen ocote, mirar su humito sonreír y jugar entre los árboles, pero todo estaba húmedo en el reino de la montaña. La guerrera flaca quiso saber por qué mi corazón se rompía. Yuma le contó que ese perro era como su dios de los brazos estirados y los pies juntos, uno muy bueno, pues había sido negro de piel y eso quería decir que nunca llegó a guiar a nadie al Mictlán, como otros que ya estaban manchados. Así que no era mañoso ni muy sabedor de lo desconocido.

Por primera vez los escuché pelear. A ella no le gustó que Yuma dijera que su dios se parecía al perro. De no haber estado triste me habría reído. Cargué unas cosas y llevé a Sihuca lejos, lo puse al lado de un árbol y me valí de ramas picudas para hacer un agujero. Encontré florecitas y traté de hacerlas collar; mi muchacha los hacía muy bien, pero a mí se me deshacían. Se las puse encima a Sihuca cuando lo metí en el agujero. Nadie podía verme, así que saqué de la bolsa un pedacito de jade y se lo puse entre los dientes a mi amigo mío de mí para que, como un gran señor, pudiera atravesar el Mictlán. Me había dado su calor para que yo no muriera de frío. Merecía muchos honores.

Me imaginé a Mictlantecuhtli sorprendiéndose de ver a Sihuca con ese pedazo de jade entre los dientes. Quizá reiría y diría, ya verás lo que te cuesta tu broma cuando vengas aquí, viejo Opochtli. También le puse un trozo de carne de tal modo que no tuviera hambre en el camino. Entonces lo cubrí de tierra y me eché a llorar. Lloré por él y me acordé de todos mis muertos, de mi padre y mi madre, de Xóchitl, mi primera mujer, del bebé de mi muchacha y hasta de su yaya, la vieja espanto. Esto es porque cuando uno llora por el que acaba de morir, los demás muertos se apersonan para que les toque un poquito del agua que cae de tus ojos blandos. ¡Ay de mí, Sihuca!, pensé. ¿Cómo podré ganar una guerra si mi alma está triste?

Volví de noche y miré que la guerrera flaca y Yuma no seguían peleando. Ella le enseñaba algo que había en la mano de él, pero cuando me vieron la quitó rápido.

—¿Qué dice tu amiga? —le pregunté.

—Que eres tonto. Debiste quedarte con nosotros y no ir a la montaña del frío. Que por eso se murió el perro.

Hice ojos bizcos, caminé con las piernas arqueadas, me rasqué la cabeza, dije ¡Ji! ¡Ji! ¡Ji! ¡Ja! ¡Ja! ¡Ja!, para que la guerrera flaca viera que sí, que yo era un yollopoliuhqui. Uno que nunca hacía caso de nadie y por eso después le iba mal. Ella le preguntó a mi amigo por qué hacía esas cosas y él le dijo que así era yo desde niño, un idiota.

Caminamos subiendo las nalgas de la Mujer Acostada, yo tirando llanto por el buen Sihuca, ahora en secreto. Ni siquiera tenía octli para ausentarme del devenir de hombre que siempre pisa la tierra. Quería beber y nublarme, ir a donde las cosas no duelen. Nada de eso podía, mi único consuelo era pensar que cuando fuera al Mictlán encontraría a Sihuca y le cumpliría la promesa de escaparnos a Xochatlapan, donde los hombres siempre son niños. Él no lo había sido, pero sí pequeño y juguetón, y de esa forma no era tan diferente a cualquier hombre.

Cuando alcanzamos las nalgas de Iztaccíhuatl, ésta nos recibió de buen ánimo. Pero eso era engañoso, volvería a helar, así que decidimos hacernos de la piel de algún animal, si no lo hacíamos ahora, después no tendríamos fuerzas, nos vencería el sueño y cada uno despertaría en un reino oscuro, quizá Yuma y yo en el Mictlán y la guerrera flaca en el reino de su dios. Nadie quiere ir a verse la cara con los dioses, sin importar que éstos fueran buenos o malos.

No pudimos prender la fogata, seguíamos en el reino de la humedad. Lo único bueno era que la luz de Coyolxauhqui nos permitiría ver la presa. Nos sentamos a preparar cebos; bolas de maíz blando para el venado, hierba para la liebre.

—Pregúntale a la mujer si quiere comenzar ella —le pedí a Yuma.

Se lo dijo y la respuesta fue que no entendía para qué debíamos hablar de nuestros errores, que ésos sólo se le debían contar a los atomiyo, para que, mediante ellos, el dios bueno diera su perdón.

—No sé todo lo que se debe —dije—, pero sí algunas cosas, una de ellas es decir nuestros errores y después hablar con estos lazos —los mostré— para que nos ayuden a atrapar a la presa.

La mujer se siguió negando. Un cazador no debe pelear con los otros, así que la dejé ser a su modo y yo sí dije mis errores. Les conté la vez que la vieja Xocotlhuetzi, yaya de mi muchacha, estaba por irse al Mictlán, y Zayetzi quería que nos reconciliáramos. Acerqué mi oído a la boca de la vieja, sonreí y asentí con cariño, como si ella dijera palabras de hermandad, cuando lo único que estaba pasando es que la vieja me echaba su último hálito y yo tenía prisa por no verla más.

Le pedí a Yuma que se lo contara a la guerrera flaca. A ella le dio risa, como si no fuera algo tan malo. Entonces conté cuando llegué borracho a mi calpulli para ver a mi muchacha. Zayetzi libraba lucha en el Mictlán tratando de atrapar la tonalli de un niño para meterlo en su cuerpo y traerlo a esta vida. Cuando nació muerto mi muchacha se puso triste porque la tonalli del nene había sido escurridiza. Su yaya le dijo que ninguna tonalli quería venir a la vida si yo iba a ser su padre, lo mismo había pasado con Xóchitl, mi anterior mujer, nunca parió hijos vivos. Tláloc se apiadó de ella, la empujó al río, la enfermó y murió. Lo único bueno que hice fue pintar su cuerpo de polvos azules para ofrendársela a Tláloc antes de quemarla en el petate y despedirnos de Xóchitl.

La guerrera flaca cambió palabras con Yuma, él me explicó que le había tenido que aclarar a ella que la tonalli más bien es sombra y que la verdadera sustancia se llama teyolia, aunque la gente de poco saber le llamaba a las dos cosas tonalli. La guerrera flaca le dijo que yo y mi gente creíamos en tonterías, como eso de hablar con las armas y pensar que una mujer tiene que atrapar la tonalli de un niño para que nazca. No le hice caso.

Seguí contando mis errores. La mujer estaba atenta, Yuma ausente, como si sus ojos se fueran al vacío. Parecía un barquero que me traía las palabras de la guerrera flaca y le llevaba las mías, sin entrometerse, de un lado al otro del río que nos separaba por nuestros modos de hablar, por su dios y los míos. Esta misión era la de Yuma y la hacía sin vernos. Comprendí el por qué y le dije:

—No tienes que contar tu peor error, Yuma.

—Si no lo hago ahora no lo diré nunca, Opochtli. Todo parece acomodado por Tláloc para que yo diga lo mío en este momento.

—¿Y por qué crees que esto lo acomoda Tláloc?

—Mira cómo ha hecho que no haya fogata y así ahuyentar a los dioses, para que no escuchen mi decir mío de mí.

Yuma tenía razón, Tláloc comenzó a tamborilear unas gotitas de agua; no como para refugiarnos, sólo para que el señor del fuego no escuchara a Yuma. Tláloc, como muchos dioses, era envidioso.

Yuma volvió a contar el día que los enemigos acorralaron a los mexicas en el templo grande para matarlos. Y cómo después el guerrero principal de los enemigos le pidió a Moctezuma que saliera a hablar con los mexicas para apaciguarlos. Los consejeros, entre ellos Yuma, le dijeron a Moctezuma que era buena idea. Entonces Moctezuma lo hizo; les dijo a los mexicas que los guerreros venidos de lejos eran nuestros amigos y que se arrepentían de haber matado a la gente en el templo grande.

Uno de nombre Quicuxtémoc, le respondió:

—Tú eres prisionero de ésos a los que llamas amigos, te acuestan en el petate como si fueras mujer. Lo tuyo no es gobernar, lo tuyo es prepararles comida y acariciarles lo viril.

Entre risas y burlas le lanzaron piedras, una le tronó la cabeza. Estando ya postrado, sus consejeros lo visitaron. Moctezuma les dijo sus errores con sinceridad, (igual que ahora Yuma y yo decíamos los nuestros para tener derecho a cazar). No debió confiar en los enemigos. Yuma fue el último en ir a verlo, pero lo encontró con la cabeza abierta y cinco tajos de pedernal en el cuerpo, amarrado de manos y pies. Así que no había muerto por la pedrada. Ese día los mexicas hicieron suya la furia de Huitzilopochtli y se lanzaron contra los enemigos nuevos, haciéndolos huir por las calles.

Las palabras de Yuma me hicieron masticar el gran misterio de la muerte de Moctezuma Xocoyotzin. Descubrir esa verdad habría sido el mejor encargo que me hubiera hecho mi señor Tonatiuh; nunca hubo un caso que no pudiera resolverle, tal vez ése habría sido el primero, y cuando Tonatiuh me pidiera respuesta, le habría dicho una sola palabra: nelliztli, que significa lo que sucedió sin suceder. Nadie sabría nunca si a Moctezuma lo había matado la piedra o como ahora nos lo contaba Yuma.

—Antes de que los enemigos huyeran —siguió Yuma— tuvieron gran ambición; se llevaron las riquezas de casa de Moctezuma, las cargaron en sus bestias; el teocuitlatl o como ellos le llaman, oro, hermosas prendas, jades, plumajes de quetzal, hasta jarros finos y adornos. Como iban muy cargadas sus bestias pronto los alcanzamos y libramos batalla en el gran lago. Tal era la furia de nuestros guerreros que les dieron muerte a muchos, pero su principal y otros pocos escaparon. Desde lejos miraron con espanto cómo habíamos teñido de sangre enemiga las aguas del lago. Algunos nos quedamos cuidando las riquezas, otros volvieron a Tenochtitlan para avisar que habíamos derrotado a los enemigos. Cuitláhuac era nombrado el nuevo tlatoani; festejaban la huida de los enemigos, borrachos y enseñoreados en las habitaciones, montando a las hembras, sacrificando totonacas a Tláloc sin que éste lo hubiera pedido. Cuando nos enteramos de esto decidimos no volver con las riquezas a la casa de Moctezuma.

—¿Qué hicieron con ellas?

—Eso se lo diré al principal del ejército de ellos, para que se las lleven y se vayan y sepan que su dios puede quedarse a vivir con nuestros dioses. Haremos la paz. ¿Qué piensas, Opochtli?

—Que eres estúpido.

17

Xanat Eleni quiso contar algo también. Se había hecho guerrera por devoción a su tlatoani, Carlos cinco dedos, y sobre todo por su dios de los brazos estirados y los pies juntos. Ella también era parte de las huestes de ángeles del Teteocan, junto con los enemigos nuevos y sus atomiyo. Xanat Eleni tenía otros nombres, uno como el de la madre de su dios, otro por el día en que nació, además de dos o tres dedicados a sus muertos. Demasiados nombres y ahora también Xanat, escogido por ella y por Yuma.

Quiso hablarnos un poco más de su tlatoani, Carlos cinco dedos; su madre se llamó Juana y estaba yollopoliuhqui; decía sandeces como que un ocelote se la quería comer. Había parido a Carlos cinco dedos en un estercolero. El padre de Carlos fue un hombre de viril estampa apodado el Hermoso, que tuvo muchas hembras, haciendo que Juana se volviera más yollopoliuhqui. Se volvió aún más cuando el Hermoso murió por beber agua fría de la montaña; todos los días lo sacaba del hoyo para mirarlo y contemplar cómo la carne se le caía del cuerpo.

Según su contar, ella, Xanat Eleni, había nacido entre gente de mucha nobleza, como nuestros principales, pero la madrecita del dios de los brazos estirados y los pies juntos le dijo que dejara atrás su calpulli para volverse guerrera y les dijera a los enemigos (nosotros) que el dios bueno murió para que supiéramos que era el único, el verdadero. Entonces, Xanat Eleni fue donde su tlatoani Carlos cinco dedos y él la envió con sus huestes al otro lado del mar.

Cuando la guerrera flaca dijo eso, pensé, no hay cosa que los dioses hayan hecho que no nos contaran los viejos de los más viejos o que los dioses mismos no nos lo hubieran hecho saber desde el principio de los principios. ¿Por qué un dios mandaría ahora a los extraños a decirnos algo? Lo único cierto era que ese dios era celoso, además de caprichoso como los niños, quería volver invisibles a los demás dioses.

—¿Lo entiendes, Opochtli? Ella no es cualquier guerrera. Habla con su dios y la madre de éste.

—Ya escuché mucho —me quejé.

La guerrera flaca me cogió una mano, la aparté bruscamente.

—Déjala.

—¿Para qué?

—Tú déjala.

La guerrera flaca tomó mi mano. La suya era del color de las aves que tocan el cielo, la mía piel de árbol. Movía su dedo entre los caminos de mi mano, pero no decía nada. Yuma me pedía con los ojos que tuviera paciencia. Recordé cuando la vi tocándole una mano a él.

—Dice que tu mujer es joven.

—¿Cómo lo sabe? —Quité rápido la mano y le dije a Yuma que él se lo había dicho antes y por eso lo sabía. Pero Yuma me contó que ése era el poder de la guerrera flaca; saber de dónde vienen los hombres y a dónde irán. Que la guerrera flaca había visto en mi mano que yo hacía mi camino a Tenochtitlan porque me movía algo más fuerte que mis dioses, y que ese algo era mi joven mujer.

Tuve ganas de darle otra vez mi mano y que me dijera si lo iba a conseguir, también si los mexicas ganaríamos la guerra, pero eso hubiera sido como rendirme.

Le pedí a Yuma que le preguntara con cuál de las dos huestes de guerreros que lucharon cerca de las cuevas había venido ella. Me dijo que con los que habían vencido. Entonces quise saber por qué la habían dejado a su suerte. Pero me callé porque eso mismo me había pasado con los totonacas y con aquellos mexicas que acompañé en la lucha. Me habían dejado a mi suerte.

—Ya vuelve el frío de la Mujer Acostada —dije al sentir el soplido de la señora—. Debemos cazar.

18

Cavamos agujeros aquí y allá. No encontramos espinas gruesas y eso era malo porque si caía un jaguar y no se hería las patas, podía pegar el salto y atacarnos. Entonces cubrimos los agujeros con ramas, esperando que el animal no pudiera librarse por más que saltara. Pusimos los lazos (a los que antes les habíamos pedido ayudarnos) entre los árboles para que los venados se enredaran si llegaban a correr por ahí.

La guerrera flaca quiso que le enseñáramos a lanzar la flecha a nuestro modo, porque el tirafuego dejaría la piel del animal llena de agujeros. No nos bastaría un venado; pero al caer el primero vendrían otros, porque el venado es animal de honda tristeza; cuando mueren los suyos no le ve sentido a la vida.

La guerrera flaca no tardó en aprender a dirigir la flecha al sitio que Yuma le marcaba, un árbol grueso, una rama. Era diestra al poner firme el cuerpo y sujetar el arco. Dijo que, a cambio de la enseñanza, cuando fuera el momento, ella nos enseñaría a usar el tirafuego. Pues a pesar de que aquella noche estaba tonta por lo que le dieron los totonacas, se echó a reír al ver desde abajo de la tilmatli cómo nuestros disparos erraban.

Yuma buscó un sitio elevado y se sentó a hablar con la tierra; niña mía, le dijo acariciándola como si fuera su tata, pórtate bien. Trataba de convencerla de que debía ayudarnos a cazar a los animales venideros, pues éstos la maltrataban al mearla y cagarla. Yo hubiera preferido que hablara con Hue-huetéotl, señor del fuego, ya que siempre me había parecido que se engañaba a la tierra al decirle esas cosas, pues los animales eran sus hijos, y si un hijo se caga la madre lo limpia y siempre lo quiere. En cambio, a Huehuetéotl se le podía ofrecer ser el primero en comer la carne de la presa cuando la pusiéramos entre las llamas.

Yuma le contó a la guerrera flaca la petición que le había hecho a la tierra. Pensé que la mujer volvería a burlarse, pero sonrió. Quise saber su decir.

—Ella dice que en su reino también buscan protección para cazar al animal…

—¿De su dios bueno?

—No, de uno que llaman santo Huberto.

Me repitió varias veces el nombre, pero no conseguí decirlo. Yuma me dijo que los santos eran como los atomiyos, pero que llegaron a ser mucho más devotos del dios bueno y que algunos murieron de la misma forma que él.

—Un día que estaba aquel atomiyo por cazar al venado, le vio una cruz entre las astas —me dijo Yuma.

—¿Cruz?

—Como aquélla donde clavaron al dios de los brazos estirados y los pies juntos. Fue una señal.

—¿De dónde tirar la flecha para matar al venado?

—No, una buena señal, porque en esa cruz murió su dios bueno.

—¿Cómo eso puede ser una buena señal si ahí lo mataron?

—¿Por qué te cuesta tanto el entendimiento, Opochtli? Cuando estábamos en el telpochcalli nunca prestabas atención a los sabedores, eras como ese perro amigo tuyo de ti, siempre saltabas. Y cuando salías del telpochcalli perseguías a las mujeres como si fueras ya un hombre, les dabas flores podridas del agua y se reían de ti. Lo único bueno es que amabas la guerra y un día le dijiste a mi padre que, si no me dejaba ser un sabedor de palabras, lo matarías con tu pedernal.

Recordé eso y se me dibujó mi sonrisa. Yuma era el señor de las palabras y si su padre no lo dejaba serlo, bien merecía morir, eso fue lo que pensé aquella vez.

—Pero eras tonto, ¿sabes por qué?

Hice ojos bizcos.

—¡Por eso! —dijo y no pudo evitar sonreír. Luego volvió a hablar de la guerrera flaca—: dice ella que el venado es mitad árbol y mitad hombre, porque sus astas son ramas de árbol. Así que cazarlo también es para ella de mucho respeto.

Le pedí que le preguntara su saber del jaguar. Me respondió que la mujer no sabía qué animal era ése, pero que se le figuraba a uno parecido de los que había en su reino. Entonces, le pedí que le explicara a la guerrera flaca el Huauhquiltamalcualiztli.

Yuma me vio con desesperación y le insistí con un gesto. La sola palabra, Huauhquiltamalcualiztli, le fue difícil de entender a la mujer, intentaba repetirla y terminamos riendo los tres. Ella quiso venganza y pidió que dijéramos una palabra de su lenguaje que tampoco pudimos decir.

Le conté que el Huauhquiltamalcualiztli era la fiesta en la que se ofrecían tamales y al animal de la cacería. Todos éramos felices ese día, pues sabíamos nuestro lugar en Tenochtitlan.

La guerrera flaca movió los labios con alegría al oír mi decir, pero luego se le desdibujaron tristes y yo supe por qué. Su dios y los nuestros estaban en guerra. Me reveló algo más, que ellos tienen un ave semejante al águila y la han hecho su amiga para que los ayude a cazar.

¿Te imaginas, Zayetzi?, pregunté en mis adentros, hay un pájaro que acompaña al hombre a cazar. Zayetzi diría que no me asombrara, pues el águila había luchado con la serpiente para decirle: amiga mía de mí, no muerdas a la gente que viene en el camino, ¡no los muerdas o te como! La serpiente y el águila se hicieron amigas, por eso viven juntas en nuestros templos.

19

Mientras buscábamos animales quise saber algunas cosas del reino de la guerrera flaca y ella las dijo con mucho detalle. En mi cabeza intenté dibujar ese reino, sus calles, templos, la gente, su modo de ser, de ofrendar y vestir. Me costó dibujarlo en mis adentros. Sus templos también apuntaban al cielo, pero su forma era otra. La gente no se arropaba como los enemigos nuevos, pues el ropaje de éstos era de guerreros. Dijo que los perros grandes de montar iban por las calles tirando de casas donde viajaba la gente importante. Describió enorme y vistoso el palacio de su tlatoani que, igual que el nuestro, se rodeaba de mucha gente que le servía. En cuanto a la ofrenda, no sacrificaban a los vencidos en esos templos, pero quemaban vivos a los que renegaban del dios bueno. Eso me hizo pensar —no se lo dije para no ofenderla— que al hacer eso se los ofrendaban a Huehuetéotl.

Callamos luego. Era mala señal no encontrar caca de conejo. Tal vez a los animales no les gustaba merodear por esa parte de la Mujer Acostada. Apalabramos si debíamos seguir el camino sin muchas provisiones, sin la piel del animal, pero escapando del frío, o esperar a que las trampas se pusieran a nuestro favor y nos dieran una buena presa. Todos quisimos hacer fogata y esperar que algún animal se acercara.

Le pedí a mi tonalli que en sueños me llevara a contemplar el reino de la guerrera flaca, pero mi tonalli prefirió ir donde mi muchacha. La vi tejiendo una tilmatli que no tenía fin. ¿Qué haces?, le pregunté, ¿no te das cuenta de que ya está muy larga? Levantó los ojos y dijo, todavía no mucho, Opochtli, tiene que cubrir la calzada que lleva al templo grande. Cuando los mexicas regresen de la guerra van a llegar con los pies heridos, quiero que pisen lo suavecito.

Cuando abrimos los ojos estábamos tullidos de frío. Comprendimos que había sido necio esperar a la presa y más valía salir de ahí, aunque fuera con hambre y sin abrigo. Era mejor llegar a los pies de la Mujer Acostada donde habría agua. A veces, el hombre tiene que bajar la cabeza y aceptar que su sombra se apaga.

Estábamos por marcharnos cuando la tonalli del dios de los brazos estirados tuvo otra de sus sacudidas. Esta vez más estremecedora. Los ojos se le pusieron del color del frío, la boca con espuma y los dedos tiesos. Sólo quedaba cargarla o esperar a que su dios ya no la dejara regresar con nosotros.

—Debió decir sus errores —le dije a Yuma.

Nos miramos largo rato, como si cada uno viajara al tiempo en que fuimos niños y aprendíamos a ser hombres. Habíamos vivido muchas cosas para llegar a serlo, pero parecían borrarse en ese momento en que nos mirábamos.

Tonatiuh se puso en lo alto y nos calentó los huesos. Entonces la guerrera flaca regresó de su devenir. Le quiso decir al oído cosas queditas a Yuma. Él asentía contristado (no como cuando yo escuché a la vieja espanto largar sus respiros antes de irse al Mictlán).

—Me enseñó una canción —agregó Yuma—. Quiere que la cante si su tonalli se va.

—¿De qué trata?

—De su dios.

Yuma cantó la canción, la cantó en ese lenguaje suyo de ella y la mujer comenzó a llorar como si, igual que yo, hiciera su camino a su Tenochtitlan, alejándose, yendo al contrario.

20

Yuma se puso contento al verla despertar. Comimos las pocas tortillas que nos quedaban en las provisiones. Las estábamos repartiendo, dábamos las gracias, la mujer a su dios, Yuma y yo a Chicomecóatl, señora del maíz; cuando oímos un lamento. Nos miramos, levantamos las armas y fuimos deprisa al lugar donde habíamos puesto las trampas.

En un agujero se sacudía el venado. Era un venado macho no muy joven, a juzgar por el pelaje blancuzco que se le formaba en torno a sus ojos dolidos y bondadosos. Tenía las patas traseras heridas y le temblaba la piel. Levanté la flecha, le apunté donde su tonalli saltaba de miedo, ya pidiendo salirse del cuerpo; lo miré a los ojos, le pedí su perdón y lo atravesé de una.

El señor Tonatiuh nos miró limpiar la carne hasta que se aburrió y fue a dormirse al otro lado de los cerros; los dioses se aburren de todo porque nunca nacieron ni nunca habrán de morir. Otra vez había llegado Coyolxauhqui cuando prendimos fogata y la mujer puso los trozos del animal en las manos de Huehuetéotl. Comimos la carne del venadito al modo que la guerrera flaca dispuso, luego de que los trozos estuvieron bien quemados y ella los embadurnara con un poco de aceite que encontró en las cosas que tomé de aquellos guerreros suyos. Me asombró lo del aceite, nosotros lo usábamos para honrar a los dioses y, a veces, las hijas de Xochiquetzal lo untaban en su piel y en su cabello para que los hombres estuviéramos más dispuestos al trato carnal. Ahora la guerrera flaca se lo untaba al animal muerto; no entendí su modo de veneración, pero lo respeté.

Dijo algo en su lengua y yo, como era costumbre, miré a Yuma para que me explicara el decir de ella.

—Dice que el venado está bueno, pero que seguimos sin cazar animales que nos den su pelaje. El frío viene otra vez. Te advertí que ese perro había llegado para llevarnos al Mictlán, se adelantó a hacer tratos con Mictlantecuhtli, pero ya vuelve...

Comimos sin decir más. Sólo los pájaros y las ramas tenían conversación, unos con sus cantos, otras con sus silbidos cuando el aire las acariciaba. Comencé a entristecer; mirando las manos rojas y calientes de Huehuetéotl bailando en la fogata pensé en mi muchacha. La recordé risueña cuando los niños venían a pedirle juegos y dulces, ella reía con ellos y los chanceaba. La recordaba juntándose con otras mujeres para hablar, preparar alimentos, cantar y para hilar prendas en casa de una que estaba por parir. Zayetzi, las otras y hasta la paridora sabían que el niño iba a nacer muerto, porque venía en la entraña de su madre con la cara vuelta al Mictlán. De todos modos, Zayetzi y esas mujeres y la que iba a parir seguían tejiendo, cocinando, riendo y haciendo todo como si el nene fuera a nacer vivo. Ya nacido lo lloraron, sí, pero igual lo arrullaron de turno en turno y después lo entregaron a los brazos de Huehuetéotl, como ahora esa carne del venadito. Cuando se volvió polvo y huesos se guardó, se le hizo una casita y ahí le pusieron flores, juguetes y poquito aguamiel.

Una cosa yo digo o me dije en ese momento: cuando haga mi camino a Tenochtitlan y vea a mi Zayetzi mirando que ya regresé, le voy a reconocer sus muchas cosas buenas y a llevarla al mercado para comprarle atavíos que la hagan ver bonita; haré fiesta en el calpulli para que ella presuma su juventud.

—Opochtli, dice Xanat Eleni que tienes cara de triste.

—Dile que no es asunto suyo.

No se lo dijo.

—Opochtli, ella pide que cuentes cómo ha sido tu vida.

—Dile que como la de todo Guerrero Águila, cuéntale que lo fui.

—No, Opochtli. Ella no quiere oír de tu vida. Quiere oír de tu vida tuya de ti.

—Ésa sólo se la cuento a los amigos míos de mí.

Se lo dijo a la mujer. A ella le costó entender la diferencia; no pidió más. Pero Yuma sí quería saber dónde había andado antes, que ni siquiera sabía que Moctezuma estaba muerto.

Le conté la primera batalla que tuve con los enemigos nuevos y que nos derrotaron porque sus armas eran desconocidas y, además, los habían ayudado los totonacas. Yuma se lo dijo a la mujer y ella dijo que los mexicas y todos los habitantes de este mundo estábamos destinados a perder porque, aparte de ellos tener mejores armas y más entendimiento que nosotros, pronto vendrían muchos más de ellos en sus casas flotantes. ¿Qué casas son ésas?, pregunté guardándome mi asombro, como se hace en Tlatelolco cuando los mercantes te muestran lo bonito de sus mercancías y tú finges que no te importa.

Según la guerrera flaca, aquellas casas eran tan grandes como el palacio de nuestro tlatoani. Me pasó por la cabeza el día que la mujer de Tonatiuh dijo que su casa medía mil seiscientos cenequetzalli. Para demostrarlo juntó esa cantidad de hombres, los hizo tenderse en el suelo, rodeando la casa; le sobraron quince y en su enfado los hizo sacrificar.

Tales casas flotantes estaban hechas de la tonalli de muchos árboles, así que los imaginé llorando de tristeza en las tormentas, cuando Chalchiuhtlicue, la señora de faldas de jade, se enfadaba y sacudía las aguas profundas. Dentro de las casas cabían, además de sus guerreros, las armas, los perros grandes de montar, sus sacerdotes y los criados. Igualmente, trastos de cocina, provisiones y joyería. ¿Cómo es que dichas casas de tan pesadas no se hundían? La guerrera nos lo dijo, pero para mí fue claro que más bien Chalchiuhtlicue, la señora de las aguas profundas, los protegía.

—Ella pregunta si quisieras conocer su reino.

—Dile que eso sólo puede pasar si los mexicas vamos y los sometemos.

No me preocupó que la guerrera flaca se echara a reír cuando Yuma le contó lo que dije, sino que él también lo hiciera. Me pregunté si se había rendido. De ser así habríamos de enfrentarnos pronto. ¿A dónde iría a llorar su derrota si yo lo mataba? ¿Con el dios de los brazos estirados y los pies juntos o con Mictlantecuhtli? Yuma era un hombre que estaba en medio de este mundo y del otro. No sé si él lo sabía.

—Te has quedado callado, Opochtli.

—Hagamos fogata. Tu amiga no se ve fuerte para caminar…

—Ella dice que el que no te ves fuerte eres tú, que te falta color en la piel, que tus ojos parecen hundidos.

Era cierto, pero no lo dije, sólo me dispuse a hacer la fogata para dormir.

21

Y ahora estaba abriendo los ojos. Coyolxauhqui brillaba en la entrada de la cueva; dos figuras aparecieron ahí; pensé que se trataba de Yuma y la guerrera flaca, pero mientras que Yuma sí acabó de parecer él, la otra era más corva.

—¿Ya te has ido? —me preguntó Yuma.

—¿Ido? —respondí entre el dolor y el sueño.

—Alumbra aquí —le ordenó la figura encorvada.

Yuma volvió a salir de la cueva y regresó pronto con una antorcha.

—Ese perro no deja de aullar —se quejó.

—Que no entre; se lo quiere llevar ya —dijo el encorvado, acercando la antorcha a mi cara.

Entonces pude ver su rostro pintado de cal, sangre y cobalto, su pelambre tiesa y pegajosa, recordé la vez que estuve en su calpulli.

—Ah, eres tú, Opochtli —exclamó el nahualli, acercando la antorcha a mis ojos—, el viejo que no me pagó por haberlo curado... Aquella vez caíste en las aguas donde te mordió la serpiente con plumas. Yo maté a la serpiente, chupé la sangre que te quitó y te la volví a meter en el cuerpo. Te pedí mi paga. Dijiste con burla: soy pobre. Me trataste mal, me quedé con tu tonalli y te dije que no te lo devolvería hasta que me pagaras... Y mira ahora, tu amigo ha ido a buscarme para que venga y evite que vayas al Mictlán. Esta vez me quedaré sentado,

93

mirando cómo el perro te lleva con el señor Mictlantecuhtli y su rezongona mujer, para que se disputen cuál de los dos será quien te pegue la primera mordida.

—Alguien te tomó el pelo, brujo yollopoliuhqui, yo no voy camino al Mictlán.

El nahualli sonrió con sus dientes sangrados y acercó la antorcha a mi barriga; tenía puntos de sangre, como el puñado de ojos de luz que nacen en el cielo oscuro, más allá de los cerros que custodian Tenochtitlan; ya antes había visto que las armas de los enemigos nuevos dejaban ese rastro.

—Tus heridas apestan, Opochtli, ya las saborea la señora de lo podrido.

Levanté la mano temblorosa y señalé a Yuma:

—El herido es él; lo encontré mal y lo traje a la cueva.

Yuma miró preocupado al nahualli:

—Ha estado diciendo disparates todo el tiempo que tardé en dar contigo, tatita curador.

—¿Por qué mientes? —le dije a Yuma—, ¡estabas herido!

Me mostró su barriga limpia, después le siguió hablando al nahualli:

—No sabía siquiera que Moctezuma está muerto, ni que Cuauhtémoc es el tlatoani; no he querido decirle que éste ya también ha sido apresado y que todo está perdido, que Tenochtitlan entró a la noche oscura que nos anunciaron los tatas de los tatas. No deja de decir Huemac, Huemac, Huemac...

—Un valeroso y gallardo guerrero —aclaré—, me uniré a él y echaremos a los enemigos al otro lado del mar, eso sí, nunca llevaré a mi casa a Huemac ni le diré, mira, esta joven se llama Zayetzi.

El nahualli se echó a reír.

—Límpiale el mal, tatita curador —pidió Yuma.

—No le supliques ni le llames tatita curador, ¿no lo miras? Lo único que le molesta es que ni tú ni yo seamos jóvenes para que nos tumbemos en el petate con él.

—¡Ñac! ¡Ñac! Ñac! —El nahualli castañeó sus dientes cerca de mí.

—¡Repugnas! —le grité.

—¡Tienes que pagar lo que me debes, Opochtli, o no te devolveré tu tonalli! ¿No recuerdas que te la quité y la guardé en un jarro?

—Después de ese día nunca noté si mi tonalli habitaba mi cuerpo, porque quien hace festivos mis días es mi mujer.

—¡Págame! —aulló y dio saltos furiosos como el ozomatli.

—¿Con qué habría de pagarte si estamos en guerra, estúpido? ¿No lo sabes ya? Mira mis heridas; trabé combate con los enemigos nuevos. Ayúdame a seguir en este mundo hasta echar a esa gente al otro lado del mar, mientras tanto te puedes seguir quedando con mi tonalli... Ésa no vale nada si no hago mi camino a Tenochtitlan.

—¿No oyes a tu amigo? No tienes a qué regresar a Tenochtitlan.

—Mi mujer me espera en mi calpulli.

—Tu mujer está muerta, viejo imbécil, los comedores de guanábanas están tirando nuestros templos; cagan en ellos y limpian sus traseros con la cara de piedra de nuestros dioses. Toman a nuestras mujeres, a las feas las matan con sus arcabuces, a las rezongonas les cortan la lengua, a las bellas las fornican, y si se resisten les cortan las tetas y el pescuezo. ¿Qué habrán hecho ya con la tuya?

Lo cogí de los pelos tiesos e intenté arrancarle la nariz a mordidas. Él no dejaba de gruñir su ¡Ñac! ¡Ñac! ¡Ñac! Yuma tuvo que separarnos. El nahualli me escupió los pies y se dispuso a salir de la cueva, entonces recordé a los enemigos muertos que habían peleado entre ellos, le dije al nahualli que éstos traían cosas encima: tirafuego, provisiones, ropajes; que tomase lo que quisiera y ésa sería su paga.

—¿Qué guerreros muertos, Opochtli? —dijo Yuma—. Afuera no hay nadie.

—¡Tú sabes que sí! ¡Yo maté a algunos! —me quejé.

—Perdiste la cabeza, pobre loco, pobre amigo, nada de eso ha sucedido.

—Sí —dijo esta vez el nahualli—, los guerreros están afuera…

Yuma lo miró desconcertado.

—Los que vencieron se llevaron a los muertos, pero sus tonalli siguen ahí, extraviados…

—Eres mirador de lo invisible —le reconoció Yuma—. Tu riqueza está más lejos que nuestras angustias, sé generoso y cura a Opochtli, aunque sea un terco. Él te ha dicho la verdad, su deber es la guerra. Tú, tatita nahualli, también eres mexica, debes hacer tu parte…

El nahualli caviló y luego dijo que sí con la cabeza. De pronto se me echó encima lamiéndome la barriga, chupando con fuerza las heridas, tragándose el puñado de ojos de luz que nacen en el cielo oscuro… Poco después, cuando me vio incapaz de moverme fue a sentarse en un rincón donde se relamió la cara y las manos. Le dijo a Yuma que me limpiase la barriga, éste cogió hojas de maguey y comenzó a hacerlo. ¿Qué de todo sí pasó?, le pregunté, pero Yuma no me respondió. Y yo seguí: ¿no hubo una guerrera flaca? ¿No caminamos por el cuerpo de la Mujer Acostada? ¿Hubo un Sihuca? ¿Y el arcabuz? ¿Disparamos un arcabuz? ¿Matamos al gordo Chicomácatl y a sus totonacas?

—Ya lo puedes traer —le indicó el nahualli.

Yuma salió de la cueva y aunque se llevó la antorcha, las rayas pintadas en la cara y el cuerpo del nahualli brillaban azules e intensas en la oscuridad.

—No los puedes derrotar, Opochtli, ni tú ni Huemac…

—¿Lo conoces, conoces a Huemac? ¿Dónde lo puedo encontrar?

—Aquí está —dijo Yuma, entrando de nuevo a la cueva e iluminando al perro con la antorcha.

Sihuca se me acercó olfateándome y moviendo la cola. Le sonreí y le dije en mi seso: ¿en verdad eres tú, amigo mío de mí? ¿No te despedí con un trozo de jade? ¿Cómo es posible? Haces feliz a mi corazón.

—¿Por qué le has puesto nombre? —me preguntó el nahualli.

—Porque es mi amigo mío de mí.

—Él no es tu amigo, deberías saber que lo envió Mictlatencuhtli. Al ponerle nombre al xoloitzcuintle le has hecho más fácil la tarea de llevarte con él. Pero no importa, yo ya le dije al señor de lo oscuro que debe esperar. Pronto sanarán tus heridas, aunque no te sirva de nada porque te harán otras y morirás.

El nahualli ató al perro con una soga y se fue con él de la cueva. Intenté detenerlo, pero Yuma me obligó a quedarme quieto.

Las heridas volvieron a sangrar.

22

Discurrimos un largo tiempo, hasta que Coyolxauhqui se fue y quien brilló en lo alto fue Tonatiuh. Nosotros seguíamos en la cueva. Mi barriga estaba mejor y mi seso más claro, pero me seguía pareciendo que el herido había sido Yuma y no yo, que trabé combate con los enemigos nuevos y que hubo una guerrera flaca. Yuma recordó que alguna vez miré a otros heridos platicar cosas que sólo ellos veían, cosas que iban encontrando por los nueve caminos que llevan al Mictlán. Esa guerrera que yo le decía podría ser una cachinipa que engaña y perturba a los moribundos.

—¿Cómo me encontraste? ¿Por qué andas solo? —le pregunté.

—Eso ya te lo dije…

—Vuélvemelo a decir.

Bajó la cabeza.

—¿Por qué me avergüenzas, Opochtli? Tuve que beber mucho octli para confesártelo.

—Pues vuelve a beberlo y dame también a mí.

—No hay más.

—Entonces dímelo así, sin octli en los sesos. Sabes que nunca te he juzgado.

—Ya te conté que le di malos consejos al tlatoani, que lo alenté a agachar la cabeza. ¿No recuerdas que te dije que hubo una matazón grande y que los enemigos hicieron que hubiera ríos de sangre con los mexicas?

—Lo recuerdo bien, entonces ¿por qué eso es verdad y no todo lo demás, lo de que trepamos al árbol con el arcabuz?

—Loco. —Sonrió—. ¿Qué habrían de hacer dos viejos trepados en un árbol?

—Disparar con el arcabuz. Y no estamos muy viejos.

—Yo no sé usar esa arma, nunca he tenido una en mis manos. Las tienen ellos, los enemigos.

—Dime que no es cierto que tienen un dios de los brazos estirados y los pies juntos, que ese dios es tres, el padre, el hijo y su tonalli.

—Qué bien que recuerdas que te lo conté.

—Me confundes más, Yuma.

—Cuando termines de sanar podrás separar el engaño de la verdad. Ahora dime tú, ¿es verdad que buscas a ese Huemac?

Asentí.

—Nunca oí hablar de él, Opochtli.

Acepté que yo tampoco, hasta que encontré a los mexicas que lo buscaban, entonces Yuma dudó que esos mexicas hubieran existido. Me hizo recordar cuentos de guerreros formidables, dichos por los contadores de historias, guerreros de tiempos muy lejanos, de cuando existieron aquéllos a los que llamábamos olmecas.

—¿Recuerdas lo que nos decían esos cuentacuentos, Yuma? Que aquellos hombres eran enormes, de piel muy oscura, labios gruesos, narices anchas, pelo ensortijado, robustos… Quizá Huemac viene de esa estirpe.

—También nos decían que podían volar —se burló Yuma.

—¿Estás seguro que no queda octli?

Negó.

—¿Qué harás ahora, Opochtli? ¿Seguir buscando a ese Huemac?

Asentí.

—¿Y qué harás tú? ¿Por qué no vienes conmigo?

—Ya te lo he dicho, no creo que ese Huemac exista. O tal vez sí, pero su nombre verdadero es Desesperación.

—Entonces ¿a dónde irás? ¿Cuál es tu camino?

—Mi camino llegó hasta aquí.

Lo miré desconcertado.

—Opochtli, ¿por qué tienes que hacer que te lo repita? Tuve culpa de que mataran al tlatoani, me fui y emprendí mi camino a este lugar, donde me echaré a morir. Eso es todo.

Lo observé con tristeza, no tanta como la que se dibujó en sus ojos. Un hombre triste tiene la sombra más larga. Es mejor que si su tristeza es grande se quede escondido, porque la lluvia lo hace disolverse en el viento y sólo queda de él ese olor dulce, triste y lejano.

—Antes de seguir buscando a Huemac tengo que volver a ver al nahualli —le dije.

—¿Para qué? Él ya te sanó, deja de molestarlo.

—No sólo lo voy a molestar, le voy a cortar el pescuezo y a recuperar lo mío de mí: a mi amigo Sihuca y a mi tonalli… No me mires como si me hubiera vuelto yollopoliuhqui.

—¡Es que lo eres! ¡Jamás se puede matar a un nahualli!

—¿Por qué le tienes tanto respeto? Tú, que eres más sabio que yo, deberías saber que él es un nahualli malo; cayó de la gracia de muchos, por eso ahora seca la tierra para que ya no sirva para sembrar, la graniza llamando a las tormentas. Enferma a las gentes. Es tan malo que también es un tlahui-puchtli; chupa la sangre de los nenes que duermen. Poco le falta para ser un nahualli ladrón y tumbar en el petate al que primero pone a dormir con hierbas del sueño.

—Veo que estás bien enterado, pero no tomas en cuenta que te curó y por eso le tengo respeto.

—No se lo tengas, tú me vas a llevar con él, tú lo trajiste hasta aquí, debes saber dónde lo puedo encontrar.

23

A Yuma le faltó decir que los tlatoani sí podían matar al nahualli, como cuando el nahualli Tzutzumatzin contó que los
espectros le avisaron que Tenochtitlan habría de sumergirse
en las aguas y el tlatoani Ahuízotl, enojado, lo hizo ahorcar...
¿A caso te sientes un tlatoani para hacer lo que él?, me hubiera preguntado mi amigo mío de mí y yo me habría echado a
reír, no sin antes ponerme en la cabeza cosas que parecieran
el penacho de Moctezuma, pero que sólo serían hierbas y flores marchitas.

—No voy por voluntad propia —protestó Yuma, caminando delante de mí—. Y no pienses que es porque tengo
miedo a que trabemos combate. Lo que no puedo es provo-
carle heridas a mi amigo.

—Si trabáramos combate morirías tú, no yo, porque soy
Guerrero Águila y tú un atlépetl... ¿Recuérdame qué es eso?
No sea que también lo haya soñado...

—El que llega a acuerdos con los enemigos, evita la guerra y la gana por las palabras.

Sonreí.

—¿Qué harás cuando termine la guerra? —le pregunté
mientras caminábamos por el sendero que sus pies decidían.

—Loco, ¿qué voy a hacer? Nunca regresaré a Tenochtitlan, ya te he dicho por qué.

—Sueña que regresas.

—Soñar es lo que tú haces, Opochtli, y por eso estás confundido.

—Hazlo, dime qué harás cuando vuelvas a Tenochtitlan. —Le pegué un empujoncito.

Divisamos humo emergiendo más allá de los árboles, pensé que ya estábamos cerca del nahualli.

—No vayamos, Opochtli, no debería haber humo. Él vive escondido, alguien ya lo encontró.

Avancé cauto entre la hierba. Pronto nos llevamos espanto. El nahualli y un árbol ardían juntos, se retorcían entre sí como una misma cosa. El nahualli no gritaba, así que pensé que el fuego no era reciente. El aroma a carne quemada y de hierba hacía chillar a los pájaros en las ramas, no se estaban en un solo lugar.

—No vayas más allá —me advirtió, Yuma, temeroso.

No había nadie por ahí, así que me acerqué; lo habían amarrado al árbol y prendido con hierbas y ocote.

—¿Quién le hizo esto?

—Los atomiyo.

Recordé que habíamos hablado de ellos. Eran los hombres de ropajes largos y sin pelo en el centro de sus cabezas. La cara del nahualli quedó pura máscara de huesos, sus dientes pelones y los ojos de fuera.

—¿Dónde se escondía?

Yuma me señaló un agujero en el suelo, me eché de bruces para entrar.

—No lo hagas, Opochtli…

—Ahí debe estar Sihuca.

—¡Por eso! —exclamó Yuma—. ¡Es la entrada al Mictlán y el perro te va a llevar para allá! Además, no es justo que lo hagas, no muestras respeto al nahualli.

—¿Qué respeto voy a mostrarle, si ya te dije que era nahualli malo?

—Ahí dentro tendrá sus hierbas y adornos, altares a los tatas, cosas que no debes ver. Ya vendrá luego su tonalli a recordarlas, a llorar por lo perdido; no debes mover nada, no te corresponde.

—¿Y mi tonalli? ¿No oíste que la guardó en un jarro?

—Fue tu culpa, no le pagaste aquella ocasión.

—Espera aquí o ve a platicar con tu amigo en el árbol —resolví y me arrastré hacia el agujero.

Yuma me tiró de los pies y me hizo salir.

—Vámonos, Opochtli, antes de que regresen los atomiyo.

—Que regresen para matarlos, como hicieron ellos con tu amigo el nahualli.

—No seas terco, a un atomiyo no se le puede matar.

—Tú a nadie puedes matar —me burlé—. Y a nadie dejas que lo haga, sólo a los que apedrearon a Moctezuma.

Mi decir lo puso furioso, me tiró patadas, lo enredé con los pies y lo hice caer, me le subí encima, cogí una piedra y la alcé por encima de su cabeza. Sus ojos pasaron de la furia al espanto, pero no iba a matar a mi amigo mío de mí.

—Me preguntaste qué haría si regresara a Tenochtitlan —dijo—, te voy a decir qué... ser esclavo de los vencedores, igual que tú; bajar la cabeza ante su dios; agradecer que Mictlantecuhtli, Xipe Tótec, Quetzalcóatl, Huitzilopochtli, Tonatiuh y todos los demás salieron huyendo porque así quisieron los que llegaron del otro lado del mar. Los ayudaré a levantar sus templos sobre los nuestros. No podré darles a mis hijas porque no las tuve, pero les aconsejaré cómo hacer que nuestras hembras estén dispuestas con ellos, aunque no hará falta, porque los sabrán vencedores. Les regalaré muchachitos afeminados, xochihuas vestidos de hembras para quienes no tengan ese reparo. Aprenderé todo sobre los amos, comeré lo que ellos, hablaré como ellos; todo lo suyo lo haré mío y cuando recuerde lo mío de mí será con vergüenza, escupiré todo lo que aprendí de los sabedores en el telpochcalli. Tú y yo nos encontraremos un día y me dirás que estás haciendo lo mismo que yo. Te preguntaré por tu mujer, me dirás que limpia la casa del tlatoani que vino del otro lado del mar, y que éste se la turna con otros principales para gozar de sus carnes de muchacha. Ella estará agradecida.

Le pegué con la piedra en el seso, lo dejé tragar un poco de vida, pero luego lo machaqué hasta que perdió el rostro. Cuando se me acabó la furia caí a su lado lleno de miedo, porque no es lo mismo que el idiota que merca en Tlatelolco diga esas cosas a alguien que tiene sabiduría. ¿Qué vale un hombre que se derrota a sí mismo? ¿Y qué valía yo si, en sueños o no, me había burlado de que los enemigos nuevos trabaran combate entre ellos? Yo lo había trabado con Yuma.

—¡Te maté, amigo mío de mí, te maté!

¡Guir! ¡Guir!, gritó un ozomatli saltando de rama en rama, pelándome sus dientes sangrados. Supe que era la tonalli del nahualli, se había metido en las carnes del mono y se burlaba de mí. Me quedé sentado mucho tiempo junto a Yuma; lo miraba gotear su sangre en la hierba, no quería pedirle perdón, sus palabras habían sido peor que mi furia, estarían conmigo, me perseguirían siempre.

24

—¡Sihuca ¡Sihuca! —volví a gritar en la oscuridad y dejé de moverme.

Al principio había sido fácil entrar al agujero, pero éste se fue haciendo apretado y comencé a cavar desgranando la tierra, apartando las cosas del nahualli, todo aquello que alguna vez miré en su calpulli; huesos deformes de bestias de dos cabezas, nenes arrancados de los vientres de las entrañas de sus madres, trozos de piedras que cayeron de los cielos, máscaras hechas de piel humana y corteza de árbol con babas de resina olorosa, aparatos para medir el peso y tamaño de mucho y de poco. También encontraba jarros y —como soy estúpido— los agitaba junto a mi oreja, tratando de escuchar si mi tonalli tenía ruido como de sonaja, pues siempre fue juguetona. Pobre de ti, imaginé a Yuma decirme, nunca te preguntaste eso, ¿cómo es tu tonalli? ¿Es que no aprendiste nada en el telpochcalli? ¿No recuerdas que la tonalli es aliento, cómo puedes verlo? ¿Piensas que por ser tuya habrías de reconocerla? ¡Sal de ahí! ¡No sigas hacia adelante! ¡Ese perro es un engañador! Siempre fuiste un tonto al que todos le tomaban el pelo, pensabas que sólo por ser risueño y burlón tenías ventaja, pero tu corazón siempre fue como un jarro, abandonado y sediento; si alguna vez alguien puso agua en él fue para sacarte provecho. ¿Qué idiota vuelve su mujer a una esclava y luego a la hija de la esclava? ¿Qué idiota no se pone astuto cuando sus fuerzas de Guerrero Águila menguan y, en vez de ser zalamero con los principales para allegarse un lugar de respeto, termina resolviendo delitos para un principal que lo ve como a un criado? ¡Me río de ti, Opochtli! ¡Henos aquí al nahualli y a mí habitando a los ozomatli, trepando de rama en rama! ¡Guir! ¡Guir!

¡Sihuca! ¡Sihuca! ¡He venido por ti! ¡Ven, amigo, acompáñame a la guerra y luego iremos juntos a donde te prometí! ¡Al Xochatlapan, donde siempre seremos niños! ¡Pero antes regresaremos a Tenochtitlan, donde Zayetzi me espera! ¿Sería ésa mi tonalli? ¿El ruido de mi sofocación? No había forma de cavar más adelante, la tierra ya era de duro tepetate; había quedado apresado y estirado. Afuera pasaría todo lo dicho por Yuma: la victoria de los enemigos, sus templos encima de los nuestros, las mujeres dispuestas, las riquezas en sus manos. Tal vez pasaría lo que dijo el nahualli Tzutzumatzin, Tenochtitlan se sumergiría en las aguas. Entonces mis huesos se mojarían y saldrían del agujero donde no habría más Tenochtitlan. Mi tonalli llora. Sí, aquí estás, ya te reconocí porque no eres risueña, eres llorona.

Usé el último aliento para que Huemac lo respirara en la batalla y le diera la sabiduría para vencer, no la sabiduría de un Yuma atlépetl, amigo de las palabras que acuerdan la paz, sino la del guerrero lleno de cicatrices que puede decirle al guerrero joven cómo evitarlas y cuándo no, cómo curarlas y cuándo no, cómo olvidarlas.

25

Al principio confundí el ruido con el ¡Ñac! ¡Ñac! del nahualli y después con el ¡Guir! ¡Guir! del ozomatli. ¿O sería la serpiente con plumas que se había metido en la tierra y buscaba
venganza por aquella vez que la pisé? El ruido venía del otro
lado, donde ya no pude cavar. A veces paraba, a veces seguía
rascando, y así mucho tiempo, despacio, tanto como el devenir del viejo que se embrutece con octli y contempla a una
mujer. Yo preparaba mis dedos para coger del pescuezo a lo
que saliera del agujero, aunque tal vez serían dientes que me
arrancarían las manos. Esa batalla estaba perdida. Mi boca
se había tapado de tierra. Un poco de tepetate se desgranó
del otro lado, junto con la pálida luz de Tonatiuh miré aquellas pezuñas oscuras; no me arrancaban las manos, pero sí
me las arañaban, hasta que el hocico me pescó por la ropa y
tiró hacia afuera todo lo que pudo. Me afiancé en la tierra
y terminé de salir con los codos.

Sihuca me lamía la cara, angustiado.

Le di las gracias como las dan los nenes cuando sus madres los arrullan y no saben decir palabra, sólo aprietan
la boquita y se entregan al sueño. Yo sabía que mi amigo
mío de mí no me abandonaría, pues el amigo que nos ama
es el que late igual que nuestro corazón; su pensar puede
ser otro, pero sus latidos son los tuyos. Esto lo entienden
muy bien los flautistas y los que hacen el canto, los que

juntan palabras de colibrís y de flores como el bondadoso Nezahualcóyotl.

Sihuca me miró y supo que mi sed era grande, se marchó y lo seguí. El ruido de las aguas venía como de todas partes, pero sólo Sihuca sabía que uno de esos lugares era el verdadero. Caminé detrás de él y trepamos el cerro pequeño. Del otro lado corría el río, perdiéndose entre los árboles, bajé despacio y me incliné a darle las gracias a la agüita fresca, bebí mucho en el cuenco de mis manos; Sihuca se arrojó a chapotear. Sonreí al recordar aquella vez que jugué con mi amigo Yuma hundiéndole la cabeza en otras aguas; cada vez que él viniera a mi seso primero sonreiría y luego bebería lo amargo de haberle machacado la cara con una piedra.

Me arrojé al agua para limpiarme, pero el río fue tramposo y me arrastró como si fuera cualquier pluma o cáscara de árbol viejo. Me pesqué de Sihuca y nos dejamos ir por el cauce que por momentos nos revolcaba y luego escupía a otros brazos del río.

—¡Aquí! ¡Aquí! —comencé a gritar cuando miré una barca alejándose por uno de esos brazos.

El barquero nos miró enseguida, hundió el remo y esperó que fuéramos nosotros quienes golpeáramos con el costado de su barca, entonces tomé a Sihuca y se lo di; lo agarró y lo dejó en la barca, luego me ayudó a subir. Me tendí junto al lecho de hierbas y frutas que ahí llevaba.

—¿Vienes o vas a mercar? —le pregunté.

—Llevo esto al principal… ¿Qué haces tú? ¿Cómo caíste? ¿Dónde está tu barca? ¿Y ése? —Señaló a Sihuca.

—No tengo barca.

—No hay hombre que se meta en estas aguas sin una barca.

—Ahora ya conoces uno… ¿Quién es tu principal?

—El señor Tonatiuh.

—¿De qué señor Tonatiuh hablas?

—¿De cuál más? Del único principal que hay en Tenochtitlan con ese nombre.

—¿Y qué haces tan lejos de allá?

—¿Lejos? —Me miró con asombro—. El camino de aquí a los templos es poco… ¿Quién eres tú? Pareces extraviado.

—Yo también sirvo a Tonatiuh…

Me miró despacio, como si quisiera adivinar de qué forma podía servir a Tonatiuh. Pronto debió pensar que no era un mercante como él ni tampoco un sabio ni un músico, detuvo su mirada en mis viejas cicatrices.

—¿Opochtli? —interrogó con asombro.

26

Ahora estaba frente a Tonatiuh y Citlalli, su mujer enjoyada; Sihuca, al verla, se le había ido a las manos, moviéndole la cola; ella lo acariciaba y lo llamaba «buen nene», permitía que le lamiera la cara, él la dejaba con cara de espectro al quitarle maquillaje con la lengua; cosa que yo no decía. Ambos principales me miraban desde sus grandes asientos, yo estaba frente a ellos en una silla sencilla, mojado, terroso, apestoso. Tonatiuh me miraba con esa piedad y desprecio que tienen los que rara vez sufren.

—¿Dónde has estado? —me preguntó él.

—Buscando la forma de echar a los enemigos al otro lado del mar —respondí.

Pusieron caras de asombro, se echaron a reír mirándose y apretando las bocas, como si no debieran burlarse; cómplices como de costumbre. Entonces vino a mi seso aquel último encargo de Tonatiuh, descubrir quién había matado a una doncellita antes de que se hiciera la ceremonia para enviarla a Huitzilopochtli; terminé por descubrir que quien la había matado fue la propia mujer de Tonatiuh. Él pudo matarme por ese hallazgo, pero se le atravesó la llegada de los enemigos nuevos y prefirió enviarme con los guerreros para que los ayudara en el combate, no como el Guerrero Águila que fui sino como el viejo que —ya lo he dicho— enseñara a los jóvenes guerreros a evitar las cicatrices y cuándo no, cómo curarlas y cuándo no, cómo olvidarlas.

—¿Y cómo has ido con eso? —me preguntó él, todavía risueño.

Le conté que los enemigos nuevos habían matado a los guerreros con los que me envió. Después, al trabar batalla quedé herido y encontré a Yuma, le dije que por mis heridas llegaron los engañadores del Mictlán y me hicieron creer cosas sorprendentes que revolvieron mis pensamientos; Yuma consiguió que un nahualli me curara. Preferí no decir que había matado a Yuma, que me metí en un agujero para encontrar mi tonalli. Tonatiuh no mostró curiosidad, su mujer, menos; no dejaba de acariciar a Sihuca y de llamarlo nene, nene mío.

Los criados aparecieron con grandes viandas; tlacoyos de frijol morado, faisanes adobados con pulque y chile, trozos de venado tintados con amaranto y mamey, cacao en abundancia, elotes con miel de epazote, capulines quemados, zapotes negros y blancos, tabaco listo para fumarse.

—Acércate a comer —indicaron.

No esperaron a que lo hiciera, ellos empezaron. Me senté y miré las viandas con mucha tristeza, sin querer derramé lagrimitas sobre el ojo del venado, pensando en Yuma. ¿Por qué no me contuve? ¿Por qué no soporté que se diera por derrotado? ¿Y si todo eso que me dijo fue para que no entrara al agujero?

—¿Qué pasa, Opochtli? ¿Por qué no comes? Debes tener hambre luego de haber guerreado con tanto afán. —Volvieron a mirarse risueños.

—Lo único que no veo en esta mesa —dije— es octli. ¿Se ofenden si se los pido?

27

No parecieron indignados de verme beber octli en abundancia y de oírme decirles mi pensar, como que el hombre vive tres guerras: la de salir de la cueva de su madre, la de afrontar cuando deja que el mundo le robe lo niño que es y la de abrir los brazos para irse al Mictlán. Sihuca se había quedado dormido en el vientre de la señora Citlalli, ella entrecerraba sus ojos bonitos, largos y miserables sin dejar de mirarme, mientras sus manos enjoyadas seguían acariciando al perro. Tonatiuh también me miraba, pero él con la astucia de siempre, como tratando de rescatar de mis palabras algo que le sirviera.

—Cuéntanos de tu mujer —pidió de pronto la señora con su voz fría.

Me quedé callado, de la misma forma en que los flautistas hacen pausa y luego vuelven a hacer música maravillando al tlatoani, luego pude decir de Zayetzi:

—Su madre nunca la preparó como lo hacen otras cuando les dicen a sus hijas: aprende a hacer el cacao, a sacar alegría al maíz, a tejer la tilmatli que abriga, aprende cómo se hace la comida y bebida para tu señor; hazlo todo delicado y bonito.

—Una mala madre y una mala hija —dijo la mujer.

—No, señora principal, más bien que a la madre la trajimos de esclava y Tláloc se la llevó en las lluvias. La hija no tuvo quién le enseñara esas cosas. Su yaya vivía, pero era una mujer de poco explicarse.

—¿Entonces por qué quisiste a esa mujer para ti?

—No le preguntes cosas de él, no lo avergüences —pidió Tonatiuh, mirando a los criados para que me sirvieran más octli.

—¿Por qué la hiciste señora de tu casa? —insistió la señora Citlalli.

—Porque un hombre en una casa vacía no vale nada.

—Entre las mexicas hay muchas llenadoras de casa y bien que la llenan: de hijos, de hilados, de flores... ¿Por qué una esclava?

—Ella nunca ha sido esclava de nadie.

Se miraron uno al otro, confundidos, debieron pensar que el octli me hacía decir disparates.

—Zayetzi sabe de flores y niños, de jarros y de mercar. Abre la ventana cuando entra el sol y prende fuego a los antepasados. Aunque se quede en la casa, ella vuela donde el colibrí.

La mujer y él se miraron de nuevo, ella torció la boca y dijo:

—Ahora habría que preguntarle a ella por qué te hizo su señor, pero eso ya no se puede.

La devoré con los ojos, quería saber el porqué de sus palabras. Tonatiuh la miró para que ya se callara; hizo acercar a los criados, les pidió que me llevaran a mi calpulli, tuvieron que ayudarme a ponerme de pie. Les dijo que después me trajeran pronto, pues tenía un encargo muy importante para mí.

—Y tú, Opochtli, no tengas recelo, mi corazón se alegra de saber que regresaste a Tenochtitlan.

Esos dos criados me recordaban a los totonacas risueños que me enjaularon. Iban discutiendo por las calles quién era más tonto que el otro, sacaban frente a mí las estupideces que habían hecho; uno limpiar más de la cuenta los escalones porque él mismo los seguía ensuciando con sus pies, otro sentarse en espinas por distraído. No tenían reparo ni fin.

Yo no los miraba, mis ojos iban a las casas y calles, esperando encontrar lo destruido, a los enemigos y a nuestros muertos, pero nada de eso había. Recordé que cuando llegamos a guerrear con los de Tacuba su gente seguía mercando, los niños jugaban, los hombres y mujeres hablaban como si la guerra les pasara a otros y ellos sólo pusieran los muertos y tuviesen que correr de espanto, pero no para siempre. Luego regresarían y seguirían viviendo como si nada, igual que las hormigas cuando aplastas su mundo.

Ya cerca de mi calpulli les pedí a los criados que se quedaran ahí, los dejé seguir reclamándose el pedestal del tlatoani de los tontos y fui por las callecitas de mis vecinos. Llegué a la puerta, la iba a empujar, pero me quedé mudo conmigo. ¿Qué le había traído de la guerra a mi muchacha? ¿Dónde estaban los adornos y joyas de los enemigos nuevos? ¿Dónde el perro grande de montar? Me miré apestoso, golpeado y bebido de octli; no había más. A la vecina Zeltzin le nacían bellas las yolloxochitl, florecitas del corazón. Fui al árbol y arranqué un manojo de las más blancas, limpié mis cactli en la hierba y empujé la puerta de mi casa levantando una sonrisa. No encontré a nadie, sólo jarros rotos, los muebles partidos y el silencio del abandono.

Golpeé las casas de los vecinos, nadie salió. Corrí donde los criados y les exigí que me dijeran lo que había pasado y dónde estaba mi muchacha. Tampoco lo sabían. Entonces volví con ellos a casa de Tonatiuh, ansioso, pero no de saber qué encargo quería hacerme, sino de que me dijera lo que había pasado con mi señora.

Uno de los criados fue a dar aviso a Tonatiuh, salió y me dijo que esperara en el jardín, pues el señor se había quedado dormido.

Estuve mucho rato entre las plantas y flores bien cuidadas, lamentándome, recordando las palabras que dije a la señora Citlalli: que un hombre no vale nada en una casa vacía. Mi tonalli no tenía sosiego. O tal vez no era mi tonalli porque quién sabe si ésa la había recuperado en aquel agujero, tal vez lo que no tenía sosiego era mi corazón, mi piel y mis ojos, que sólo veían sombras sin mi mujer. ¿Debí partir de Tenochtitlan? Amaba la guerra, ésa fue mi perdición. La guerra entre los hombres no es del contento de la mujer sino de los dioses.

El criado vino a buscarme y me llevó a otro de los aposentos del señor Tonatiuh, ahí estaba de nuevo su señora Citlalli con Sihuca, ataviado de joyas, él parecía distante conmigo; ella lo tenía al lado de sus pies, él estiraba bien las patas como todo un principal. Dije su nombre, pero no me miró.

—¿Sihuca? —Sonrió la señora—. ¿Por qué lo llamas así?

—Porque ese nombre le puse cuando lo encontré. Significa el más pequeño de la familia.

—Sé lo que significa, pero es tonto. Su nombre es Cuicani y nació aquí, pero luego se escapa lejos.

—Cuicani significa cantor, él no lo es. Nunca lo escuché cantar...

La señora sonrió:

—Tampoco es el más pequeño de la familia.

Tonatiuh bostezó harto de la conversación. Le dijo algo a la oreja y la señora se marchó, Sihuca se fue detrás de ella, agitando las joyas de su pescuezo. Me dieron ganar de correr y decirle: ¡amigo mío de mí! ¿Qué te hicieron? ¡Soy yo, Opochtli! ¡No olvides mi promesa! ¡El Teteocan donde siempre seremos niños!

—Estás muy pensativo —me dijo Tonatiuh.

—Encontré mi casa vacía.

—Lo sé. Y pobre de ti.

—¿Dónde está mi mujer?

—No lo sé, pero de eso hablaremos después, ahora tienes que saber cuál es mi asunto...

Tuve que callar y escucharlo. Me dijo lo que Yuma, que Cuauhtémoc ya había sido apresado por los enemigos nuevos y que si no miré ríos de sangre y muertos en las calles era porque los habían quitado de ahí. Al principio, los enemigos querían dejarlos ahí para que causaran espanto entre los mexicas, pero vieron que las podredumbres les enfermaban los ojos, entonces los hicieron quemar. Si me adentraba en los templos, encontraría algunos mexicas inflándose de podridos, vería los templos quemados y devastados por dentro, con nuestros dioses rotos, llorando su derrota.

—¿Me has comprendido? —interrogó.

—Entiendo —cavilé—. Y entonces, ¿cuál es su plan, señor principal, para liberar a Cuauhtémoc?

Me miró con asombro.

28

Fue larga la explicación que me dio el señor Tonatiuh; Cuauhtémoc había resultado poco buen guerrero como Moctezuma, pero de otra forma, mientras éste se les doblegó a los
enemigos y quiso darles regalos para que le permitieran
seguir siendo tlatoani, aquél se negaba a cualquier acuerdo, hasta enfurecía cada vez que le nombraban a Moctezuma, lo llamaba hembra de los enemigos. Cuauhtémoc
estaba preso y no había quién tomara su sitio; no podía
ser alguien que dejara de tener en cuenta que ya habíamos
sido derrotados. Le pregunté al señor Tonatiuh para qué
queríamos un nuevo tlatoani si nuestra derrota era cierta.
Me puso una mano en un hombro y me dijo que recordara
cómo habían llegado nuestros abuelos a Tenochtitlan. Llegaron de lejos, de donde las cuevas eran caminos entre este
mundo y los otros, dejando atrás a sus parientes aztecas,
imperiosos de llegar a estas tierras donde no fueron bien
recibidos, al contrario, los que aquí habitaban los manda-
ron a lugares donde sólo había muerte; víboras, sequedad y
ponzoña, pero de a poquito los mexicas se hicieron fuertes
y terminaron por doblegar a todos. Así que ése era el plan
de Tonatiuh, doblegar al enemigo dejándole creer que nos
había vencido.

—Entre ellos tenemos aliados, Opochtli.

Lo miré desconcertado.

—¿Por qué te sorprendes? ¿No los totonacas son gente nuestra y se pusieron de su parte? También hay gente suya que no ven ganancia en estar aquí, ni tampoco con nuestra derrota.

Me vino a la cabeza lo que me había dicho Yuma; que a la guerra la antecede la palabra, y a la palabra las ideas de lo que cada principal pretende, pero los guerreros no se conforman con la victoria de sus principales, esperan alguna ganancia para ellos.

—Hay dos que aconsejan a su guerrero principal; no están de acuerdo entre sí y si pudieran se pasarían el pedernal por el pescuezo. El guerrero prefiere al que le aconseja guerrear y avanzar, ya que también es guerrero como él. El otro es un atomiyo. Los atomiyo repudian la guerra. ¿Sabes qué es un atomiyo? Los que no tienen pelo en la cabeza y enseñan de dios.

Asentí recordando al nahualli ardiendo en el árbol; repudiarían la guerra, pero no la matanza.

—El atomiyo le ha dicho al guerrero principal que nos permita seguir teniendo tlatoani, que es mejor tenernos de aliados. El atomiyo tiene buenos tratos con su propio tlatoani, el que está del otro lado del mar, así que el guerrero principal no puede ignorarlo.

—¿Y por qué ese atomiyo le aconseja a su guerrero principal que nos haga sus aliados? ¿De qué le sirven los guerreros vencidos?

—Los totonacas son guerreros vencidos, Opochtli. Y nos han servido.

—Limpiando las casas, cargando las armas, troceados para los dioses, pero no son nuestros iguales, nosotros tampoco lo seremos para los enemigos.

—Opochtli, ha habido un señor de Tenochtitlan, uno de Texcoco y otro de Tacuba y todos se entienden, nadie es solo. El atomiyo me ha dicho que de donde viene tampoco hay un solo principal. Es con alianzas como se permanece y se es fuerte.

Lo miré preguntándome por qué me contaba esas cosas de las que yo entendía poco. Lo mío no era saber de alianzas entre principales; lo que quería era que acabara de hablar para preguntarle qué había pasado con mi mujer y la gente de mi calpulli. Pero siguió con su decir de los principales y los enemigos, que según él ya no lo eran tanto. Mucho temí ponerme violento como hice con Yuma, pero me habría costado muy caro. Siguió hablando largo, hasta que llegó a su asunto: el atomiyo necesitaba encontrar algo perdido; y yo, que había sido un buen descubridor de misterios para Tonatiuh, podía serlo también para ese atomiyo. ¿Por qué Tonatiuh quería ayudarlo? Ya lo había dicho, para que nos vieran como aliados y nos dejaran tener un tlatoani.

—Y cuando yo lo sea, tú serás mi consejero —dijo Tonatiuh, dejándome mudo.

De eso se trataba todo, ya se miraba tomando el lugar de Cuauhtémoc. Me llevó al jardín donde hizo que los criados nos trajeran más viandas, a lo lejos había humo que venía de los templos. Tonatiuh torció la boca y, como si se diera cuenta de mi pena, me dijo que ya eran las últimas batallas, luego quiso escuchar mi pensar.

—Señor Tonatiuh, no soy un sabedor, no podría aconsejarte. Dos caminos entiendo: el de Moctezuma y el de Cuauhtémoc, el primero se dio por derrotado y el segundo peleó sin medir fuerza, tal vez hay que pelear, pero primero medir esa fuerza.

—Ya no la tenemos. Ellos son grandes en número porque se les sumaron nuestros enemigos y tienen mejores armas.

—Podemos ir lejos, sumar a otros y ser encabezados por un guerrero fuerte.

Le hablé de Huemac, pero tampoco sabía de él. No quiso oír más, así que me pareció mejor decirle lo mío: ¿dónde estaba mi mujer? ¿Por qué las casas de mis vecinos estaban vacías?

—Uno de sus guerreros fue muerto allá, le sacaron el seso a pedradas. Llegaron más guerreros y se llevaron a todos los de tu calpulli a casa Tlaxicco, harán una quema con ellos, tu mujer debe estar ahí, ya lista... Pero no entristezcas, ¿cuándo te he pedido que me ayudes sin darte una buena recompensa, Opochtli?

Recordé itacates con alimentos, un lugar en las celebraciones y su saludo en la calle.

—Resuelve lo que te diga el atomiyo y le pediremos que haga que tu mujer vuelva a casa.

Le dije que sí, luego me envió a casa diciéndome que mandaría por mí de noche, y que mientras tanto no saliera a caminar por los puentes ni intentara acercarme a los templos; los enemigos andaban en las calles, ebrios, celebrando su triunfo, degollando al mexica que se les cruzara, tumbando mujeres entre muchos, como me había dicho el nahualli.

Ya en casa, supe que sí había recuperado mi tonalli, pues la tenía muy triste al mirar mis jarros y muebles rotos, igual que las figuras de los señores a los que Zayetzi y yo halagábamos con flores y adornos, ella a Quetzalcóatl, yo a Patécatl. Consideré salir a escondidas y tratar de sacarla de casa Tlaxicco, pero de ese lugar nadie salía si no era convertido en humo para los dioses o perdonado por benevolencia. Como a mí me sucedió cuando la mujer de Tonatiuh me hizo entrar en los abismos de Tlaxicco y luego él me dejó salir libre, no por bueno, sino para que fuera a ver quiénes eran esos enemigos nuevos venidos de lejos.

Nadie se ocupaba de mí. Bien podía dejar todo atrás, escapar del calpulli, volver al agujero que me llevara pronto a las cuevas o irme por el camino largo; seguir buscando a Huemac, creer en él, aunque los demás dijeran que ya estábamos derrotados. Hacer mi camino, el del guerrero, o quedarme por Zayetzi. Si dura hubiera sido la decisión para un guerrero cualquiera, más para quien fue Guerrero Águila. Pero no lo pensé mucho, tal vez porque Chantico, la señora del corazón, me escuchó pensar y me dijo: tu muchacha es la dueña de tu guerra, sin ella no hay victoria, aunque los enemigos se volvieran al otro lado del mar.

29

Era la primera vez que miraba a un atomiyo de cerca; no los vi quemar al nahualli, eso fue lo que Yuma creyó cuando lo encontramos ardiendo en el árbol. Tampoco los había visto en las pocas batallas que libré con los enemigos nuevos. Éste tenía pelo a los lados de las orejas, pero ninguno en la cabeza, su nariz era larga y angosta como el pájaro negro, sus ojos juntos, pequeños y oscuros como capulines. Usaba mucha prenda blanca y negra, en uno de sus dedos pálidos llevaba un anillo muy grueso y redondo. De su pescuezo aguado colgaba la forma de su dios, el de los brazos estirados y los pies juntos, hecho de la tonalli del árbol. Tonatiuh lo había dispuesto en una silla principal, ataviada de joyas y descansos, estaban cerca Tonatiuh y su señora Citlalli, pero no fue ninguno de ellos ni tampoco el atomiyo quien me sorprendió más, sino la muchacha, de pie, junto al atomiyo, de piel muy oscura, una nunca vista en Tenochtitlan, su boca y nariz gruesas me recordaron a los antiguos olmecas, así los describían los viejos. Su pelo retorcido parecía una maraña de hilos oscuros y gruesos, las formas de la muchacha eran tan fuertes como las del mejor guerrero. De piernas y nalgas robustas, pero cintura pequeña. Usaba un huipil como el de nuestras mujeres.

Tonatiuh contó de mi primer camino como Guerrero Águila y después como su servidor para dar con los que roban y matan, con los que se escapan y engañan. Dijo que siempre encontré lo que se me ordenó buscar, que le serví sin guardarme nada para mí ni hablar en los mercados cosas de su casa ni de su vida. Me llamó gran conocedor de los rincones de Tenochtitlan y del modo de ser de los mexicas. Según su decir (mentira, o no me habría extraviado) también conocía los caminos más allá de los cerros, donde la tierra se junta con el vacío y los mares.

Cuando terminó de contar mis proezas de su imaginar, la mujer oscura habló con una voz fuerte, pero a la vez dulce, en la lengua del atomiyo. Como ya había visto que eso mismo hacía Yuma para la guerrera flaca (aunque fuera pura mentira por las heridas que recibí) pensé que la mujer le decía al atomiyo las cosas que de mí contó Tonatiuh. El atomiyo me miraba mucho mientras la mujer oscura seguía su hablar, pero nada de la cara del atomiyo se movía, ni para bien ni para mal. Sus ojitos eran dos brillos muertos esculcando mis formas.

Cuando se terminaron las palabras, el atomiyo habló con voz rasposa y quedita, diciendo cosas con muchos silencios en medio; esa voz parecía un viejo que camina despacio y encorvado. Entonces, la mujer oscura habló al modo de los mexicas, sin tropezarse, casi como nosotros, pero con menos cantar. Dijo que yo debía escuchar con mucha atención cada palabra del atomiyo y desmenuzar las ideas o todo su decir sería puro viento. Su dios —el único verdadero— era de mucha generosidad, gustaba de cuidar no sólo a los que siempre lo han servido; quería que otros lo conociéramos, cuidarnos, darnos contento y vida eterna, pero para esto debíamos obedecerlo. El atomiyo había llegado a Tenochtitlan para contarnos todo sobre ese dios; pronto llegarían más atomiyo, tantos como guerreros. Y todo esto era bueno, pero había un enemigo de su dios. Nosotros los mexicas, pensé, pero no lo dije. Ese enemigo, siguió el atomiyo, no es hombre de carne y hueso. Debe ser Huitzilopochtli, pensé. Ese enemigo, dijo el atomiyo, antes vivía en el mundo de la oscuridad. En el Mictlán, pensé, así que se trata de Mictlantecuhtli. Pero ya no vive ahí, siguió el atomiyo, ha venido al mundo. Su llegada está escrita en el gran libro. Éste es el tiempo de la oscuridad.

La mujer me dijo que el atomiyo callaba para que yo hiciera preguntas. Quise saber qué forma tenía ese enemigo, por qué estaba en Tenochtitlan y cómo podría hacerle daño a los mexicas. Si se lo hacía a ellos no me importaba, pero no se lo dije. El atomiyo escuchó a la mujer oscura, habló y ella me dijo el nombre del enemigo, pero no pude repetirlo. Yuma lo habría hecho mejor, yo dije cualquier cosa:

—¿Anicrisotl?

El atomiyo negó con la cabeza y repitió la palabra, yo volví a decir lo mismo y él, desesperado —pero sólo con sus dedos que se engarrotaron— dijo que no era importante que yo dijera el nombre; que eso era bueno de mí, porque el nombre no debía ser dicho a la ligera. Sólo debía entender su gran maldad; se había revelado a Dios, llegado al mundo había causado grandes males en las tierras de quienes ahora llegaban a guerrear con los mexicas. El enemigo podía meterse en cosa viva; era gran embustero, engañador.

Recordé que los nahualli podían meterse en el perro, el coyote, en el pájaro y la víbora. ¿En qué carnes se habría metido ese Anicrisotl?

—¿Con quién tiene guerra? ¿Contra ustedes o contra nosotros?

Mi pregunta le hizo torcer la boca al atomiyo. Me dijo, en boca de la mujer oscura, que no viera las cosas de esa manera, pues para ese enemigo no había gente de aquí o de allá, su plan era dejar el mundo sin sol.

Así que quiere librar guerra contra Tonatiuh, pensé, pero no contra mi empleador Tonatiuh, sino contra el dios que brilla en lo alto. Le pregunté si también quería acabar con Coyolxauhqui, quien se turnaba el cielo con el dios Tonatiuh. Tuve que explicar quién era la señora Coyolxauhqui.

Tonatiuh y su señora me miraban impacientes; parecía que no querían que mis palabras importunaran al atomiyo. Éste último dijo que lo único que necesitaba entender era que los mexicas quedaríamos resumidos a nada si ese enemigo seguía suelto en el mundo; había que encontrarlo, encadenarlo y devolverlo a la oscuridad.

—¿En qué carnes se ha metido? —pregunté.

El atomiyo respondió que en tres mexicas: Tzoyectzin, Temoctzin y Tzilacatzin.

—¿No son esos los tres guerreros que combaten en Tlatelolco? —le pregunté sorprendido al señor Tonatiuh.

—Lo eran —respondió—, pero repudiaban a Moctezuma, ahora a Cuauhtémoc; ya sólo van matando, a nadie sirven, nada más a sí mismos… Escucha lo que te acaba de decir el atomiyo; en ellos tres ha entrado ese acabador de mundos. Y es verdad, Opochtli, pues matan a placer a ellos y a nosotros. Tumban mujeres, comen corazones y beben octli como si tuvieran derecho.

Le pregunté al Atomiyo si en verdad hablaba de esos tres que eran conocidos y respetados otomíes.

El Atomiyo miró a Tonatiuh y platicaron su decir mediante la mujer oscura. Entendí que Tonatiuh le dijo al atomiyo que una cosa eran los otomíes de raza, como nosotros los mexicas o los totonacas, y otros los otomíes, como decir jaguares y águilas. Esos tres eran esto último.

—Dile que los encontraré para él, pero que me devuelva a mi mujer.

Tonatiuh me miró molesto, no tanto como la señora Citlalli, que echó fuego por los ojos.

—No debemos mencionarlo ahora —dijo Tonatiuh.

—¿Entonces cuándo? Pronto empezará a salir humo de casa Tlaxicco; no quiero que sea el humo de mi mujer.

—No lo será, sabes que nunca miento, pero comienza la búsqueda.

La mujer oscura nos miraba hablar a mí y a Tonatiuh, sin saber si debía decirle todo eso al atomiyo. Entonces me preguntó si tenía más preguntas para él, pues tenía que irse a descansar.

—Sí —le dije—, ¿por qué tu piel es del color de la noche?

La mujer dibujó una sonrisa quedita y no me contestó.

30

Se llamaba Naina y su piel era muy oscura porque no había nacido en las tierras de los enemigos nuevos sino muy lejos, donde la mayoría de las cosas son plantas y animales; ellos la habían atrapado a ella y a su gente, como nosotros a los totonacas, y ahora les servía de igual forma. Me dijo un poco de su vida suya de ella; que uno de los que la atraparon la liberó e hizo su mujer; como yo liberé a la vieja espanto, a Xóchitl y a Zayetzi, pero el que la liberó había muerto de viejo. Notaron que Naina aprendía pronto —como Yuma— la forma de hablar ajena, entonces la trajeron a Tenochtitlan para conocer nuestra forma de hablar. Sólo eso quiso decirme cuando emprendimos el camino a Tlatelolco en busca del Anicrisotl; yo sabía que el atomiyo no se enteraba de la verdad; ese Anicrisotl no era más que una tzitzimime que puede venir de su mundo oscuro en forma de cualquier carne, jaguares y perros, a devorar a los hombres y causarles grandes daños. A las tzitzimime las gobernaba la señora Itzpapalotl, la que tiene faldas de obsidiana y cuerpo y cabeza de huesos, así que esos tres otomíes estaban gobernados por ella.

El atomiyo ofreció —mediante Tonatiuh— que me acompañaran diez totonacas y otro tanto de enemigos nuevos a buscar a los guerreros del Anicrisotl, pero dije que ése no era mi modo de resolver delitos, se requería sigilo. La verdad era que repudiaba andar acompañado de mis enemigos como si ya no lo fueran. La mujer de Tonatiuh me llamó tonto y poco entendedor, perdía la oportunidad de ser conocido por gentes de nuevos mundos, que luego me tendrían confianza y podían nombrarme principal de algún territorio. ¿Cómo iba yo, Opochtli, a atrapar a tres de los más fuertes otomíes, tan bravos y recios como cualquier Águila o Jaguar? ¿Cómo tú, dijo la señora digna, si ya eres un viejo de más de cincuenta? No comprendí esa palabra, ella estaba aprendiendo la lengua de los enemigos nuevos y estaba contenta por eso, me dijo que era un modo de decir el tiempo que yo llevaba en el mundo.

Tuve que aceptar la compañía de Naina y Nakuh, un totonaca, pues los enemigos nuevos los conocían bien y así me respetarían si los encontrábamos en el camino. Emprendimos el camino a Tlatelolco, primero en barca y luego a pie, siempre con facilidad, pues la guerra había causado tal espanto que no había gente, sólo se respiraban en el aire las tonalli de los hombres que fueron. Los ríos seguían teñidos de rojo y yo los miraba, entristecido, mientras Naina me contaba que por esas mismas aguas había acompañado en una barca al atomiyo, a nuestro tlatoani Moctezuma y al guerrero principal de los enemigos nuevos, cuyo nombre me dijo, pero no quise aprender, ya que mi corazón estaba como mi casa: vacío de mi mujer y del fuego de mi contento. Me dijo que Moctezuma le contaba a ese guerrero principal las cosas de nuestra Tenochtitlan y que ese guerrero —de manera sincera— se mostraba maravillado.

—¿Tú también estabas ahí, Nakuh? —le pregunté al totonaca.

—No me llames ya por ese nombre, viejo yollopoliuhqui —respondió con dureza—. Mi nombre es... —lo dijo, pero no lo entendí. Naina lo repitió para mí:

—Pedro de Burgos.

—Escucha, totonaca Nakuh, tus padres te pusieron tu nombre honrando a los dioses de tu casa. Yo te llamaré por tu nuevo nombre, me costará trabajo, pues lo mío no es hablar lenguas, aun así lo intentaré, pero si tú vuelves a llamarme viejo yollopoliuhqui, te sacaré el corazón y se lo daré a comer a los coyotes.

Abrió sus fauces y me gruñó. Naina me tocó la mano y dijo que no veníamos a guerrear entre nosotros.

Cuando llegamos a las callecitas del tianguis de Tlatelolco se me secó el corazón; de todos aquellos mercantes sólo quedaban algunos pocos, atemorizados, con escasos trapos en el suelo donde ofrecían sus jarros para la casa. No vi costales de maíz, frijol, calabaza y chile, tampoco la chía y el cacao. Y en esas calles donde antes había guajolotes, palomas, venados, liebres, tortugas, iguanas y chapulines sólo había hombres viejos con heridas de guerra; quizá por viejos se les perdonó la vida; estaban apartados del mundo, compartiendo jarros de octli, perdidos en él. Más allá, donde mi muchacha y yo solíamos comprar la miel, descubrí un puñado de enemigos nuevos; igual de bebidos de octli o de no sé qué, dando voces fuertes, enrojecidos de triunfo y alegría, callaron al vernos pasar; uno llevó la mano a su espada, pero otro lo contuvo al mirar a Naina y Nakuh.

Largamos hasta el último rincón del tianguis, donde alguna vez se vendieron los más finos adornos para los principales y sus mujeres. La mejor pedrería, el brillo más fino. En vez de eso encontré un charco de tripas, como si ahí hubiera habido gran matanza. A lo lejos estaba el viejo Tlaneci —a quien yo conocía de siempre— con sus dos buenos tambos de octli para vender. Le pedí a la mujer oscura y al totonaca que me esperaran, Tlaneci podía decirme dónde encontrar a los guerreros del Anicrisotl, pero si me veía llegar con ellos se quedaría callado.

—No tardes mucho —me advirtió el totonaca.

—Tardaré lo necesario —respondí—, mientras tanto puedes lamer las tripas que están en el suelo, amigo de los enemigos.

Naina me miró con ojos grandes y juzgones para que no hablara más, entonces fui donde el viejo Tlaneci, cuyo nombre significaba eso, viejo. Cuando me vio acercarme levantó la cara y sus ojos, hundidos en arrugas como de árbol anciano, me reconocieron.

—¡Opochtli!

—Sí, yo —respondí—, Opochtli.

Sonrió con lo único joven que tenía, sus dientes.

—¿Dónde está tu mujer? ¿Te ha dado permiso de un jarro de octli? Bébelo pronto, amigo mío de mí, antes de que te reprenda.

Abrió la tapa del tambo, hundió un jarro y comenzó a hacer el movimiento que siempre hacía para revolver el octli hasta que le pareciera correcto llenarlo, pero desde mis ojos miré que el tambo estaba vacío y eso acabó de entristecer mi corazón.

—Tómalo. —Me dio el jarro.

No lo cogí con una mano sino con las dos, como hacemos cuando se trata de un regalo preciado, eso lo hizo sonreír aún más con sus dientes fuertes y bonitos, achicando todas las arrugas de su piel. Fingí beberlo e hice la mueca que siempre hacía cuando el octli estaba muy bueno, eso lo puso contento.

— Tlaneci, amigo mío de mí, necesito encontrar a alguien que tú y yo conocemos, al otomí Tzoyectzin…

—¿Está bueno el octli?

—Muy bueno.

—No lo compres en otro sitio, me harías chiquito el corazón.

—Sabes que siempre lo compro contigo.

—Lo sé. Oye, Opochtli, hoy no he vendido mucho. No han venido principales; eso siempre me hace feliz porque entonces todos quieren venir a comprarme. Pero tampoco han venido mexicas de lejos, y mira, tú has venido a salvarme. ¿Sabes por qué no ha venido nadie…? Oye, mira esa sangre en la calle, mira todo este desastre. ¿Sabes qué dicen que sucedió?

Negué con la cabeza.

—Que Huitzilopochtli está muy enojado con los mexicas; algunos dicen que fue tu culpa, porque tardaste en encontrar a la doncellita que le mataron antes de que la consagraran al gran señor. Pero yo no creo eso. ¿Sabes quién causó todo esto? ¡Tláloc!, porque muchas veces mojó nuestro tianguis por varios días y noches y no pudimos mercar nada, pero esta vez Tláloc fue más cruel, porque su lluvia no fue de agua sino de sangre; mírala. —Señaló el suelo.

Me agarró el jarro y volvió a meterlo en el tambo, me lo devolvió lleno de nada, de vacío.

31

—¿Por qué tardarse tanto? —me reclamó Nakuh—. Los viejos como tú sólo quieren beber octli—. ¿No puedes primero cumplir con lo que te encargaron los principales, Tonatiuh y el atomiyo Díaz?

—¿Díaz es su nombre? Es más feo que el tuyo.

Me miró esperando que le dijera el porqué de mi tardanza. Le dije que la vida se precia cuando ya no se tiene prisa y eso sólo sucede después de muchas batallas. Me dijo que no hablara idioteces y que si al menos había conseguido algo con aquel viejo o si sólo había aprovechado para beber octli sin pagarlo. Naina, la mujer oscura, guardó silencio mirándome sin odio, pero sin amistad.

—Tlaneci me dijo dónde encontrar a uno de los tres que buscamos. No es lejos, pueden esperarme aquí y mercar algo de lo poco que queda. Estoy casi seguro de que no volveremos a mirar un mercado tan grande como el de Tlatelolco hasta que echemos a los enemigos nuevos.

—Iremos contigo, Opochtli, no sea que el otomí te mate —dijo Nakuh.

—Soy Guerrero Águila, sé cuidarme.

—Ahora ya eres escombro, así que iremos contigo.

—El encargo me lo hicieron a mí.

—¡Eres terco y estúpido! —comenzó a quejarse el totonaca. La mujer oscura lo hizo callar y me dio la razón:

—Deja que lo haga como él quiere, su principal lo aprecia; debe ser por algo.

—Así son los mexicas —se quejó él—, tercos y malos, muy pronto no va a quedar ninguno, igual que su mercado.

Di la vuelta y lo dejé quejándose con la mujer.

Llegué al paraje y me senté entre la hierba. Tzoyectzin sabría que ya estaba ahí, podría mirarme, herirme o matarme desde el sitio que se escondiera, pero confiaba en su curiosidad; le llamaría la atención que un Guerrero Águila anduviera solo y a sus anchas, como ajeno a todo lo que estaba pasando en Tenochtitlan. Así pasó el tiempo, con el señor Tonatiuh bostezando detrás de las montañas. Cavilé en el encargo del atomiyo; no me gustaba ser su sirviente ni que Tonatiuh se hubiera rendido, aunque él pensara que no era así; si los enemigos nuevos lo dejaban ser tlatoani sería para moverle la lengua, los brazos y las piernas como a juguete de escuincle. Me lo imaginé vestido al modo de los enemigos nuevos y me dio risa.

Ya estaba por cabecear cuando las ramas de los árboles se sacudieron.

—No mires acá y dime por qué no debiera atravesarte el corazón.

Imaginé que el otomí estaba trepado en alguno de los árboles y lo obedecí.

—Vengo a pedir tu ayuda, la de Temoctzin y Tzilacatzin, los conozco a los tres, son guerreros otomíes muy respetados.

—Por tus ropas sé que fuiste Guerrero Águila, mi enemigo. No tengo ánimo de sacarte el corazón, lárgate ya, viejo.

—¿Vas a dejar que los enemigos nuevos maten a tu gente?

—¿Qué enemigos nuevos?

—Así los llamo yo...

—Llámalos mejor tus vencedores, porque a quienes están matando son a ustedes los mexicas.

—¿Y te parece bien que tu gente se les una?

—Yo no lo hago.

—Ni Temoctzin ni Tzilacatzin, he oído que no se rinden. Vengo a unirme a ustedes.

Tzoyectzin se echó a reír todo lo que le dio la gana, pero de todos modos no quise mirar en qué árbol estaba, porque seguro tendría buena puntería y me costaría cara la curiosidad.

—¿Para qué te necesitaríamos a ti, viejo?

—El tiempo se lleva la fuerza, pero a cambio deja la sabiduría.

—¿Sabio bebedor de octli? —Volvió a reír—. Me entretienes, aquí me aburro mucho. Voy a cazar un pájaro para ti; arráncale la cabeza con los dientes, quiero ver cómo haces eso. —Comenzó a llamar a los pájaros, trinando, y ellos le contestaban.

—Hay otro guerrero al que ellos temen: Huemac. Lo buscaremos, haremos ejército y echaremos a los enemigos. Todavía es tiempo.

—¿Es mexica ese Huemac?

—Totonaca o mexica, somos lo mismo para ellos.

—¿Ésa es la historia que viniste a contarme? ¿Has visto cómo vencen a tu gente y que a ti ni para matarte te toman en cuenta? ¿Quieres fabular una guerra a tu modo? ¿Dirigir ejércitos? ¿Figurar en tu cabeza lo que nunca fuiste? ¿No tienes a alguien a quién obedecer mientras terminas de secarte y te vas de este mundo?

—Obedezco al principal Tonatiuh, pero sus órdenes no me complacen.

—¿Cuáles son? ¿Que le limpies los tanates?

—Que venga por ti y te lleve a rastras para que ésos, con los que no quieres combatir por cobarde, te maten y te chupen los huesos.

Su grito me traspasó el corazón, saltó del árbol y me hizo caer, intenté sacar el pedernal para herirle una pierna, pero me lo arrebató con rapidez y me lo puso contra el pescuezo. Su cara estaba pintada al modo de sus guerreros, los ojos desquiciados y carnosos; podía empujar el pedernal, pero no acababa de hacerlo. Entonces comenzó a olerme la cara, el cuello, la cabeza y a ronronear como el jaguar cuando es cachorro.

—Voy a tomarte como una hembra —dijo—, una hembra vieja, por eso viniste, ahora lo sé. Dime tu nombre, para decirlo mientras te tomo.

Intentó forzarme de ese modo, como a una hembra, riendo y retozando, yo apartaba el cuerpo y eso lo hacía reír más, hasta que una piedra le pegó en la cabeza, secamente, le hizo poner los ojos blancos y caer junto a mí.

Nakuh le había pegado la pedrada, estaba junto con Tlaneci; me habían seguido. No dijeron nada, armaron un petate de ramas y hojas y montaron en ella al guerrero juguetón. De ese modo regresamos por las calles de Tenochtitlan, con uno de los tres guerreros del Anicrisotl muerto y con un brazo colgando fuera del petate, su cabeza estaba rota, tenía los ojos abiertos. Al paso, encontramos algunos enemigos nuevos, al vernos celebraron pegando gritos rabiosos y extraños; imaginé que me tomaban por un totonaca igual que lo era Nakuh, pues para ellos, como se lo dije a Tzoyectzin, todos éramos lo mismo.

Mi corazón estaba triste, eso no lo vieron los enemigos nuevos, porque Tzoyectzin no supo que los hermanos se odian hasta que el de fuera viene y los humilla, triste porque yo no veía en el petate al guerrero de un dios ajeno, como lo era ese Anicrisotl. Lo que yo veía era a un guerrero otomí de cuerpo flojo, nada de bravura. Tláloc comenzó a llorar sobre su cuerpo, la sangre se colaba debajo del petate manchando las callecitas de Tenochtitlan. Triste la lluvia, triste mi corazón.

32

Tonatiuh escarbaba mis ojos mientras su brava mujer me gritaba con su voz chillona todo lo enojado que estaba el atomiyo conmigo. Mi error había sido no traer vivo a Tzoyectzin para que revelara dónde estaban los otros dos y qué tratos tenían con el maligno Anicrisotl.

Luego me dejaron solo, pues dijeron que tenían que hacer cosas de importancia. Desde mi sitio miré ponerse en el cielo a la señora Coyolxauhqui, todavía entristecido por el otomí, pero más porque los buenos guerreros morían y los tlatoani habían sido derrotados. No lejos de ahí estaba mi calpulli, me parecía de no creer que no pudiera ir y encontrar a Zayetzi como uno de tantos días, hablar, comer y reír de los tiempos que pasaban. Entonces comencé a ver cómo salía el humo en lo alto de casa Tlaxicco. Quise salir corriendo al pensar que mi muchacha estaba ahí, entre los mexicas a los que iban a mandar a verse con el dios de los enemigos nuevos en su reino de sombras. Cuando Tonatiuh regresó se lo dije.

—Que no se aflija tu corazón, Opochtli, hablé con el atomiyo, tardará en llegarle su turno a tu mujer, el tiempo que tú lo evites haciendo lo que se te pide. Ahora ve a tu calpulli y piensa en todo esto.

Hizo que un criado me acompañara y éste me hizo pasar por uno de los patios, donde miré en la oscuridad a un hombre colgado de sus tanates, lloraba quedito, ya para irse al

Mictlán, pues tenía tajos en todo el cuerpo y su sangre ya estaba en la tierra. Encontré su cara desdibujada, recordé su nuevo nombre y se lo dije:

—Pedro de Burgos, ¿qué haces ahí colgado de tus tanates?

—¡Que te coman los coyotes, Opochtli! —gritó.

Seguí de largo con el criado, le pregunté qué había sido de la mujer oscura, pero guardó silencio.

Mi casa lloraba en la oscuridad mientras yo juntaba los pedacitos de un jarro y los pegaba con tierra mojada para llenarlo con el agua de la pileta, la bebí pero se escurría de mi boca y del jarro; me imaginé a mi muchacha riéndose de mi tontería. Zayetzi, le dije, hago mi camino a Tenochtitlan. ¡Ya regresé! ¡Ya regresé! Nada… ¿Ésta era en verdad Tenochtitlan? Los enemigos nuevos por las calles, los principales comenzando a servirles, los necios y ebrios llorando la derrota, un tlatoani muerto a pedradas, el otro apresado.

Vinieron por mí muy temprano, no sólo el criado de Tonatiuh sino dos guerreros nuevos. Era la primera vez que caminaba a su par, me ponía mal no matarlos, peor me resultaba ir mansamente junto a ellos hasta la casa de mi principal, donde ya me esperaba el atomiyo con su rostro de tormenta. Ahí también estaba la mujer oscura; ella no había corrido la suerte del totonaca. El atomiyo habló, la mujer me dijo despacio:

—Causaste desgracia, Opochtli. Debiste traer vivo a Tzoyectzin.

—Dile al atomiyo que yo no lo maté.

El atomiyo me miró con severidad por interrumpir.

—Temoctzin y Tzilacatzin se enteraron de la muerte de Tzoyectzin y mataron a diez guerreros buenos. Pregunta el atomiyo Díaz por qué habría de pensar que tu sangre vale más que la de ellos.

Pensé responder que al menos la muerte de Tzoyectzin no había sido en vano. También pensé que mi sangre valía tanto o más que la del atomiyo y su gente, pero por mi cabeza pasó el humo subiendo de casa Tlaxicco y mi muchacha formada en la fila, así que no dije nada. Entonces el atomiyo habló largo, dibujando salivas blancas en las orillas de su boca. Parecía regañar a la mujer oscura, pero yo sabía que esos regaños eran para mí. Tonatiuh y su mujer no estaban presentes. A ella la miré del otro lado del jardín, paseándose con mi amigo Sihuca, muy ataviado, y como si ya no fuera mi amigo el juguetón. Más allá escuché una risa, era de Tonatiuh; un guerrero nuevo le enseñaba un arcabuz y le permitía agarrarlo, parecían dos amantes tomándose cariño, libándose como el colibrí y la flor.

El atomiyo se dio cuenta, pareció avergonzado, le dijo algo a la mujer y ella repitió que ya podía marcharme. El atomiyo se puso de pie, ella le besó una mano y él se fue.

—¿Por qué lo hiciste? —le pregunté después a la mujer cuando me acompañó a mi casa para recoger mis armas, junto con los dos enemigos nuevos—. ¿Por qué le besaste la mano? —insistí.

Habló demasiado y poco entendí, dijo que era algo parecido a nuestro respeto por Tláloc y Huitzilopochtli, pero le dije que no había forma de besarle la mano a ninguno de ellos porque sus figuras eran de piedra y sus tonalli eran invisibles. Sonrió poquito. Llegamos a casa. Intentó entrar, pero la detuve. Le dije que debía esperar afuera, me preguntó la razón.

—Porque ésta es la casa de mi mujer.

Los enemigos también quisieron entrar, pero no se los permití, cuando ella les dijo la razón uno se tiró un pedo y se echaron a reír de mí.

Junté los dardos y el átlatl. Antes de salir alguien saltó de cuclillas a la ventana, largué una mano para coger el pedernal y defenderme, pero aquél pegó otro salto igual de silencioso, con una mano me apretó la boca y con la otra sostenía el pedernal. Le miré la cara pintada como la tuviera Tzoyectzin, entonces supe que aquél debía ser Temoctzin o Tzilacatzin. Los había visto pocas veces y los confundía. Cogió el pedernal y me hizo ir a la ventana, todavía tapándome la boca, aunque no pensaba gritar, pues era yo quien los buscaba. Al haberme encontrado ellos me habían ahorrado esa tarea.

Me llevó detrás de los arbustos, luego más allá hasta el lago, desde ahí escuchamos a los enemigos nuevos pegar gritos, buscándome. Le hice una seña al otomí para que nos echáramos al agua detrás de los árboles y lo hicimos. Poco después, cuando ya no oímos a los enemigos nuevos, fuimos hasta la barca, él remó y yo lo miré guiarla a través de los brazos más solitarios del río.

—¿Quién de los dos eres tú? —le pregunté—. ¿Temoctzin o Tzilacatzin?

—¿Tanto te importa cuál de los dos te va a comer el corazón?

—Pudiste matarme en mi casa.

—Habrías gritado mucho y ellos estaban afuera.

—Te diré lo que al tonto de Tzoyectzin, que nos unamos para echar a los enemigos nuevos. Ya cuando se vayan nos seguimos matando.

Igual que Tzoyectzin, se echó a reír cuando le conté que yo podía ayudarlos a pesar de ya no ser un Guerrero Águila joven, tampoco sabía quién era ese Huemac, temido y capaz. Esta vez me cuidé de no llamarlo cobarde, pues sospeché que había algo más por lo que no acababa de matarme. No dijimos nada, siguió moviendo los remos y nos apartamos lejos, donde los ruidos de los cenzontles y del viento hacían sentir que todo era como siempre había sido, sin guerra, sin enemigos nuevos.

33

Sentado en cuclillas encontré a Temoctzin (el que me había llevado era Tzilacatzin) comiendo las tripas de algún guerrero vencido, se cuidaba de pasarlas por el fuego y de masticarlas despacio, como si fuera el suave faisán de la mesa del tlatoani Moctezuma. Cerca de él había una pila de ropajes y armas de los enemigos nuevos y, un poco más lejos, se encontraba un montón de cuerpos sin ropa, revueltos a trozos, de enemigos nuevos y de mexicas.

—Siéntate a comer, Opochtli, eres mi invitado —me dijo. Tzilacatzin me empujó para que lo hiciera.

—¿Por qué comes inmundicias? ¿No hay animales que cazar? ¿Huazontles? ¿Hormigas?

—Al principio —respondió tranquilamente— las comía frente a ellos —miró a los guerreros— para que tuvieran espanto, pero el último ya me supo mejor.

—¿Por qué han matado mexicas si ustedes también lo son?

—Porque ya dejamos de serlo, desde que Moctezuma se rindió. ¿A qué sabrán tus tripas viejas, Opochtli?

—He visto muchas cosas como para que eso me dé espanto. —Me senté a su lado, cogí un pedazo de tripa y la probé. No me supo como el conejo, pero tampoco peor. Tzilacatzin se apartó para mirar las cosas de los enemigos nuevos, las sacudía, las olía, las revisaba con mucho cuidado. Le entretenía ver para qué servían o cómo les cubrían el cuerpo.

—Me enteré que mataste a Tzoyectzin…

—No te lo digo para que me dejes ir, pero no fui yo. Fueron ellos.

—Los enemigos nuevos —dijo Tzilacatzin—, así los llama él.

Temoctzin terminó de relamerse el manjar, se puso de pie y se estiró como un gato, se rascó debajo de los brazos, fue donde un itacate y sacó un puñado de flores blancas. Comenzó a desgranar las semillas de ololiuhqui, mientras seguía hablando:

—Te conozco, Opochtli, eres el criado de Tonatiuh, nunca le fallas. Cuéntame de cuando encontraste a la mujer de Naran, la que se escapó con un purépecha. ¿Cómo diste con ellos?

—Oliendo las pisadas del purépecha, tú sabes que huelen distinto. Me tomó días, pero los encontré. A ella la dejé ir porque me regaló sus collares para mi mujer. A él lo traje de regreso para que Naran dispusiera de él, pero antes le corté la lengua para que no dijera que dejé ir a la mujer.

Temoctzin y Tzilacatzin se miraron sonrientes.

—No sé si me estás diciendo cuentos, Opochtli, pero sabes contarlos. —Temoctzin machacó las semillas de ololiuhqui y las revolvió en unos jarros con agua. Me dio uno para que bebiera, pero no quise que me confundiera el seso.

Él y Tzilacatzin bebieron.

—¿Qué harán cuando los enemigos nuevos los encuentren?

—¿Por qué habría de pasar eso? ¿No has escuchado que nos temen a mí y a Tzilacatzin? Su llegada nos ha venido bien. La guerra se ha vuelto otra cosa, Opochtli, sin obedecer a nadie, sin calpulli al cual regresar, vamos de aquí para allá, podemos escondernos en lugares donde los enemigos nunca nos van a encontrar.

—Encontré a Tzoyectzin.

—Porque se descuidó.

—¿Qué guerreros otomíes son ustedes dos? ¿Se han vuelto come tripas, bebedores de semillas de ololiuhqui?

¿Ya olvidaron lo que les enseñaron en el calmécac? ¿La razón de guerrear? ¿Cómo pueden despreciar a Moctezuma si ustedes también se rinden de esta manera?

Ya no me estaban escuchando, las semillas de ololiuhqui se los había llevado a un lugar lejos, donde no había guerra, pues sonreían como si sus ojos fueran acariciados por los muchos colores de plumajes del quetzal.

34

No tuve más remedio, los llevaba amarrados en la barca. Hubiera querido que me creyeran, que no pusieran caras risueñas y burlonas cuando les hablé de Huemac, de buscarlo y juntar guerreros fuertes como ellos, y que entre todos me ayudaran a sacar a mi muchacha de casa Tlaxicco. De nada me valía salvar la vida de dos que, como Moctezuma, Tzoyectzin, Tonatiuh y muchos mexicas, se habían rendido.

—Suéltanos, Opochtli, te ayudaremos —decía Temoctzin, pero todavía risueño, mirándose con Tzilacatzin, sorprendidos de que hubiera podido atraparlos.

—Lo que harán es matarme.

—¿A dónde nos llevas?

Les hablé del atomiyo y de que éste los creía guerreros de Anicrisotl.

—No conocemos un dios con ese nombre. ¿Quién es? —preguntó Tzilacatzin.

Les conté lo poco que sabía de él, dándome cuenta de que recogía las palabras que dijo el atomiyo a través de la mujer oscura, pero también revolviéndolas con lo que Yuma me contó del dios de los brazos estirados y los pies juntos; cosa que no supe si había sido cierta o parte de mi seso confundido. Al decir todo eso tuve que llenar los huecos de lo que no comprendía.

El dios de los brazos estirados y los pies juntos había estado aburrido en el Teteocan, mirando cómo los hombres de carne y hueso se divertían bebiendo octli y tomando mujeres. Aunque envejecían y morían con dolor, tenían el contento de sus vidas suyas de ellos, muy diferente a la de él y a los demás dioses; dioses a los que el de los brazos estirados y los pies juntos no creía tan importantes como él. Ese dios tomó su tonalli y se metió en carne de hombre, esperando gozar como el resto, pero los hombres se dieron cuenta que era un dios y pensaron que no era justo que libara y bebiera como un mortal, así que lo mataron. Pero no todo fue idea de ellos, uno de los dioses del Teteocan, llamado Anicrisotl fue el que aconsejó a los hombres, porque como dijo el atomiyo, ese Anicrisotl es el padre de la mentira, todo lo revuelve, todo lo confunde.

Los otomíes se echaron a reír cuando terminé de hablar. ¡Te engañaron, viejo, te engañaron!, no dejaban de decir: ¡El Guerrero Águila que quiere echar a los enemigos nuevos y se traga lo que le cuentan! ¿Cómo quieres combatirlos si crees en lo que te dicen? ¡Tú eres el que tienes que unirte a nosotros! ¡Los mataremos arrancándoles el corazón, comiéndolos, chupando sus huesos, y cuando traigan sus mujeres las haremos nuestras! ¡Así no quedará ninguno! ¡Desátanos ya! ¡No te preocupes! ¡No te haremos daño! ¡Estaría mal matar a un yollopoliuhqui!

—Puede ser que ellos me engañen, que ustedes tengan razón y la guerra ya sea otra cosa y los mexicas estemos por morir, pero hay algo cierto: el humo sube de casa Tlaxicco y mi mujer está ahí. La cambiaré por ustedes dos…

Temoctzin se revolvió con fuerza y saltó de la barca, intenté cogerlo de un brazo, pero no lo conseguí. Tzilacatzin me pateó tratando de hacerme caer, pero fui yo quien salté para buscar a Temoctzin. Las aguas me recibieron frías y burlonas como esos dos otomíes. Le pedí permiso a la señora Chalchiuhtlicue para que me permitiera buscar en su casa de agua al otomí. Le prometí que no me llevaría nada, ni una piedra lisa, ni un pedazo de jade arrojado por un triste hombre que perdió a su mujer, ni a una serpiente emplumada para luego presumirme pescador de las profundidades, no me llevaría nada. Entonces las aguas dejaron de ser turbias y miré a Temoctzin revolviéndose en el fondo, amarrado de manos le costaba librarse. Fui hasta él y cuando se dio cuenta me tiró de patadas alejándome, luchamos largo rato hasta que se puso flojo y conseguí atraparlo del cuello para llevarlo afuera, pero Tzilacatzin ya no estaba en la canoa.

35

Mucho tiempo estuve mirando el cuerpo mojado de Temoctzin tumbado en la hierba, con sus ojos de obsidiana brillantes y quietos. Lloré largo sobre su pecho. Otro guerrero había muerto, otro de los más feroces y valientes. Él de mí sabía que era quien resolvía cosas para mi señor Tonatiuh y yo sabía de sus aguerridos combates, lo mucho que lo apreciaba el tlatoani Moctezuma y todas esas mujeres que sonreían enrojecidas cuando lo veían pasar por las calles de Tenochtitlan. Su error no había sido lanzarse de la barca para intentar escapar, sino entrar a la casa de agua de la señora Chalchiuhtlicue sin pedirle permiso; es lo que tienen los jóvenes, se quieren ahorrar el respeto.

A Tzilacatzin lo busqué por este y aquel paraje, miraba los árboles por si se había hecho amigo de los ozomatli y se les había unido, saltando de rama en rama con su ¡Guir! ¡Guir! ¡Guir! Lo busqué con cuidado entre la hierba, por si se arrastraba como la víbora y de pronto me encajaba los dientes. No estaba ahí, eso me enojó y a la vez me dio gusto.

Cuando llegué a Tenochtitlan cargando en mis espaldas a Temoctzin, la gente se apartaba, lo mismo mexicas que enemigos nuevos. Éstos me veían con asombro y respeto, aquéllos con repudio. Un viejo mexica me gritó que los enemigos me acariciaban en el petate como a Moctezuma y que terminaría muerto como él, a pedradas. Un enemigo nuevo le pegó de bofetadas hasta que aquél escupió los dientes. No pude ayudarlo.

Cuando de nuevo hubo oscuridad y la señora Coyolxauhqui brilló en el cielo, el atomiyo contemplaba a Temoctzin tirado en el jardín de la casa de Tonatiuh. Éste y su señora también lo veían, ella de vez en cuando me escarbaba los ojos; los suyos eran fríos y oscuros. Naina, la mujer oscura, me dijo las palabras del atomiyo. No necesité entenderlas, otra vez me reprochaba haberle traído a otro guerrero de Anicrisotl muerto. Esperaba que pronto Naina me dijera los reproches, pero comenzó a hablar con el atomiyo como si me defendiera. Él no le tuvo mucha paciencia, entonces ella calló. Algunos totonacas y enemigos nuevos que estaban cerca vinieron cuando el atomiyo alzó una mano. Me sujetaron para llevarme a uno de los árboles del jardín mientras me descubrían la espalda. Alguno estiró mis manos para que abrazara al árbol y ahí las amarró. Entonces probé una nueva arma de los enemigos nuevos, la zumbadora que descargó muchas veces en mi espalda arrancándome trozos de piel.

¡Corre, Opochtli, corre!, me decía el corazón aquella vez que mi padre me perseguía con el ramo de espinas, porque me envió a vender al mercado un bulto de zapotes y cuando llegué allá ya me los había comido todos. No era la primera vez que hacía tonterías. Mi corazón era de poco estar quieto. De nada valieron los castigos, hacerme respirar humo de chiles, picarme con espinas de maguey, pegarme con un palo. Esa vez me alcanzó porque tropecé. Me cubrí la cara listo para recibir el castigo, pero no acababa de suceder. Dejó caer el ramo, dijo que estaba cansado de mí y que mejor me vendería en el mercado. No dijo cuándo, sólo que sucedería, entonces aprendí a esperar el día que mi padre me llevara a mercarme. ¿Qué le darían por mí?, me preguntaba mirando el frijol, el maíz, los jarros y las mantas. No era un cuento de aquéllos que las ancianas usaban para asustarnos como ése que les contaba a las niñas: la señora Coatlicue había tenido a su hija Coyolxauhqui y a otros cuatrocientos hijos que se convirtieron en estrellas, una vez una bola de plumas la tocó y la hizo esperar otro hijo, los hermanos y Coyolxauhqui se enfadaron tanto con su madre que se dispusieron a matarla. Así que las viejas les decían a las niñas: cuidado con las bolas de plumas.

Lo de mercarme no era un cuento porque algunos niños sí terminaban mercados por hacer desfiguros, robar, mentir y no hacer su parte en el calpulli. Los demás niños los mirábamos con espanto, amarrados unos a otros de los pies junto al mercader que decía a los que pasaban por ahí; llévese éste o aquél, está completo, ya no rezonga, mírelo qué fuerte, sabe trabajar, sabe levantar el maíz.

De ese modo fue que mi corazón se quedó quieto y obediente, esperando el día que mi padre me llevara a mercar por un bulto de frijol o unos jarros. Nunca pasó, pero siempre esperé ese día. Y así, esperando, aprendí a saber que en cualquier momento uno se va.

36

—No puedes estar aquí —le dije a Naina cuando el dolor me hizo abrir los ojos y ladeé la cabeza para mirarla; me ponía algo mojado en las heridas de la espalda y luego les echaba el aire quedito de su boca.

—¿Por qué no puedo estar aquí?

—Ya te lo dije una vez, es la casa de Zayetzi, mi mujer.

—¿Qué mujer? No veo ninguna. Necesitas una, como todo hombre. Pero no la veo aquí.

Lancé la mirada más allá de la ventana, el humo seguía saliendo de casa Tlaxicco.

—No te muevas, Opochtli. Ella sigue ahí. No le pasará nada si obedeces.

—Lo mismo dice Tonatiuh, pero el humo no se detiene.

—Es como debe de ser.

—¿A ti te parece bien eso? Me has dicho que lo mismo hicieron con los tuyos. ¿Quedó alguno? ¿Todavía hay un calpulli de pie en ese lugar donde vivías? ¿Qué hicieron los guerreros para defenderse? ¿Bajaron la cabeza?

Su mirada se revolvió de furia y tristeza. No hice bien en decirle nada, porque ahora curaba mis heridas con brusquedad.

—¿Por qué no trajiste vivo a Temoctzin?

—¿Qué más da vivos o muertos?

—Sólo queda Tzilacatzin, si lo traes muerto tu mujer también será humo.

—¿Todo esto lo dices porque el atomiyo te pidió que me lo recuerdes? Deberíamos estar pensando cómo arrancarle el corazón.

—No hables así, sería una ofensa que dios nunca te perdonaría. El atomiyo es hombre bueno, quiere el bien para todos.

—Ya lo veo. Me lo dicen mis heridas.

—A veces un padre tiene que castigar a sus hijos para corregirlos. ¿Es que tu padre nunca te castigó y te corrigió, Opochtli?

—¿Eso le decías a tu gente cuando los enemigos la amarraban al árbol y la azotaban? ¿Les hablabas con voz dulce mientras lloraban y su carne y su sangre manchaban la tierra?

Volvió a mirarme con furia, luego dejó caer la prenda que cubría su cuerpo. Sus pechos, su vientre y también su espalda estaban llenos de viejos surcos, parecidos a los caminos que el hombre hace en la tierra o en las plantas para echar las semillas del maíz o hacerles saltar la miel. Volvió a girar y a mirarme, me tomó una mano y me hizo tocar esos surcos inflados que ya no le dolían más.

—No me mires con tristeza… —dijo y habló otro poco más en su forma de decir, no la de los enemigos, sino la suya de ella, luego me lo dijo en la mía—. Si enseñamos cosas a un niño, hacemos a un hombre. Si enseñamos cosas a una mujer, hacemos toda una aldea…

Le pregunté qué quería decir con esas palabras.

—La guerra no es para siempre, ellos dejarán las armas, su sangre y la de los tuyos se juntarán; ya hay algunos que están tomando mujeres.

—Por la fuerza, será.

—Como sea, habrá nuevos hombres, si una mujer sabe criarlos serán una aldea.

—No serán mexicas.

—Tampoco serán como ellos.

No acababa de entenderla.

—Cuando todo esté en paz tú podrás tomarme, me quedaré contigo… No me veas así, soy joven, y tú, aunque no lo eres, puedes sembrarme. Yo aprenderé lo que me enseñes y se lo enseñaré a tus hijos y serán como tú, no como tus enemigos. También les enseñaré de mi gente, así los venceremos…
—Sonrió.

—¿Te han dado a tomar semillas de ololiuhqui?

Tuve que decirle qué eran.

—No te burles, hablo con la verdad. Me gusta esta casa, me gusta la fuerza de tu corazón, me gusta Tenochtitlan.

—Ésta es la casa de mi muchacha. Dices que todavía la puedo salvar, ¿es mentira? Dime la verdad.

Bajó la cabeza y dijo que no, que no era mentira.

—Entonces, voy a encontrar a Tzilacatzin. Dile al atomiyo que le prometo traérselo vivo, que no permita que mi mujer se vuelva de humo.

—¿No me quieres tomar?

—Vete ya.

—No puedo, me pidieron que te cuide.

—¿Vigilarme?

—Voy a limpiar tu casa, todo estará limpio y en orden.

—No tires los jarros, aunque rotos, son los de mi muchacha.

37

El atomiyo entendió —o eso me dijo la mujer oscura— que aunque yo quería salir enseguida a buscar al guerrero del Anicrisotl no podía. Las heridas me sangraron lo mismo en la luz que en la oscuridad. La fuerza me abandonó, tuve que dejar que Naina me ayudara a ponerme de pie y a acostarme. Mis ojos la miraban ir de un lado a otro, mi lengua no tenía fuerza para moverse y reprocharle que ordenara la casa. No tiró los jarros, pero los juntó y los puso en un rincón y trajo otros para poner en ellos comida y bebida. También trajo flores y adornó las ventanas, parecía un calpulli en paz, pero al asomarse lo que se miraba era el abandono, las casas quemadas y rotas de los vecinos. Ella cantaba como si eso no estuviera pasando, como si la guerra fuera cosa de los ajenos. Cantaba con una voz fuerte y oscura, cantaba cosas que luego acomodaba en palabras mexicas para que yo las pudiera entender:

«Si puedes caminar, puedes bailar. Si puedes hablar, puedes cantar».

No le reprochaba que su alegría se pareciera a la lluvia que moja los surcos de la tierra que el hombre hirió. Los surcos de su piel se mojaban de risa, de canto y de sudor, de tanto ir y venir por la casa, de salir a la calle y regresar con más flores y comida que mi señor Tonatiuh le daba para mí. Pero yo no podía cantar ni reír. No quería darle mi semilla y que nacieran los nuevos hombres. Mi vida mía de mí no podía ser otra y ella veía esa tristeza, por eso un día me llevó a la ventana para que viera que el humo en casa Tlaxicco había parado. El atomiyo en su bondad, dijo, había discutido con el principal de los enemigos nuevos para que no quemaran más mexicas. De nada les serviría si mi corazón ya no tenía el fuego que lo hacía latir. Esto no quería decir que el humo no volvería a salir de casa Tlaxicco, sólo era un regalo para mí, igual que el octli, las flores y la comida, un regalo hasta que recuperara mi fuerza y saliera a cazar al enemigo de mis enemigos.

—Una mujer no debe beber octli —le dije aquella noche, cuando lo sirvió en dos jarros y se sentó frente a mí.

—¿Se lo dirás al atomiyo? —me preguntó.

Me pidió que le contara cómo habían llegado los mexicas a Tenochtitlan, le dije lo que yo sabía, pero casi enseguida ella me empezó a decir las cosas de su mundo y cómo habían nacido todos los hombres. Fue cosa del señor Obatalá, que le pidió permiso a su padre para hacer un camino entre el cielo y el agua oscura. Su padre le dijo que fuera a pedir a otro dios, Orunmila, lo necesario para hacer ese camino, y éste le dio muchas cosas como el caracol, la tierra, el faisán, el gato y la semilla de maíz. Con todo eso Obatalá hizo el mundo y el gato le dijo: descansa y bebe octli, te lo has ganado. Obatalá bebió mucho y bailó de contento —entendí por qué a ella le gustaba bailar— y se puso a hacer las cosas que habitarían el mundo. Borracho hizo a la gente, toda chueca y torcida de sus corazones, llena de enfermedades y dudas, de vida corta; ya no tenían remedio, había que cuidarlos, pues eran sus hijos.

—¿Tu gente es hija de un dios borracho? —le pregunté.

—Todos —dijo riendo—, todos somos hijos de Obatalá, ¿O es que tú no enfermas? ¿No morirás algún día, Opochtli?

—¿Obatalá y el dios de los brazos estirados y los pies juntos tienen guerra o comparten el Teteocan?

—¿El Teteocan?

—El cielo, así lo llaman los enemigos nuevos.

—El cielo es de dios padre.

—¿Qué dios es ése?

Me lo explicó y le dije:

—De ese dios hablo, del de los brazos estirados y los pies juntos.

—No lo llames así. Ése no es su nombre.

—Sólo dime si Obatalá y el dios del Teteocan traban combate o no.

Me miró con tristeza y bebimos más octli antes de que me dijera:

—Obatalá no existe más.

Me quedé callado. ¿Cómo un dios puede dejar de existir? ¿Dejarían de existir Tláloc, Huitzilopochtli y los demás?

Se dejó caer a mi lado e hizo que le pasara un brazo encima, habló bajito:

—Es verdad lo que te digo, ellos me quieren, me dejaran quedarme contigo.

—Te engañan cuando te dicen que te quieren, eso mismo le dijeron a Moctezuma.

—¡Me quieren! —volvió a decir—, puedo ir donde sea.

—Si eso es verdad, entonces llévame a casa Tlaxicco, quiero ver que no han hecho humo a mi mujer.

—Eso no lo puedo hacer…

—Entonces deja de decir mentiras y apártate. Sal ya de mi casa. Cuando Zayetzi regrese echará tus flores a la basura y te romperá en la cabeza todos esos jarros que trajiste. Vete ya, duerme afuera, en la puerta. ¡Vete!

—Haré que te vuelvan a castigar por tratarme de esa forma. Se lo diré al atomiyo.

—Hazlo, pero vete ya. Sal de aquí a llorarle a tu dios borracho y muerto.

38

No dejaba de mirarme con asombro, se tapaba la boca para reír, luego se forzaba a estirarla para verse seria, pero volvía a reír de mí. Yo le tenía paciencia. Me hizo caminar de aquí para allá muchas veces antes de salir de la casa, diciéndome cómo debía erguirme y levantar la cabeza, cómo moverme con todas esas ropas como de piedra que usaban los enemigos nuevos. Tenía su misma coraza, el casco y los aprietes en las piernas, brazos y manos. La oscuridad, dijo, ayudaría a que no me prestaran tanta atención.

Cruzamos uno de los puentes que los enemigos no habían echado abajo, pasamos por el corazón de los templos donde ya había escaleras rotas. Los grillos habían escapado, pues no se les oía más, pero las flores que despertaban de noche echaban su olor y éste se mezclaba con el de la sangre. No encontramos a ningún enemigo nuevo en el camino. El camino se había vuelto un lugar solitario y oscuro. Fue casi al llegar a casa Tlaxicco que tres enemigos nuevos venían de frente, entonces la mujer caminó un poco detrás de mí, bajando la cabeza como si fuera ella quien me siguiera y yo quien la gobernara. Los guerreros me dijeron algo en su forma de hablar. No abrí la boca y ella bajó más la cabeza, como si fuera yo un hombre agrio y de poco decir.

Entramos a casa Tlaxicco, la conocía bien; había que subir los peldaños que daban vueltas al modo del caracol. Al principio era fácil porque los escalones eran anchos, pero después se hacían cortos y la ropa de mis enemigos era pesada. Pero me movía la fuerza del corazón. Me llevaría a Zayetzi, juntos buscaríamos a Huemac y sus guerreros. Iríamos donde llegaron los primeros mexicas y los enemigos temen entrar, ahí donde la víbora y la ponzoña no se doblegan ante cualquiera. Levantaríamos casas para nuestros hijos y nuestras mujeres y los hombres nos iríamos a la guerra. La mujer oscura tenía razón, «si enseñamos cosas a un niño, hacemos a un hombre. Si enseñamos cosas a una mujer, hacemos toda una aldea». Nuestras mujeres ya sabían todo lo que se debía saber, así que harían hombres a nuestros niños y ellos, ya viejos, contarían cómo echaron a los enemigos nuevos. Los niños preguntarían cómo eran y ellos se los dibujarían con las palabras, porque nunca habían visto a uno, ni lo verían jamás.

Cuando cruzamos el último escalón vimos las jaulas, apretados unos con otros estaban los mexicas. Ninguno se quejaba, sus ojos nos miraban en la oscuridad y los míos empezaron a separar las figuras, ninguno de los estaban ahí era mi vecino y eso me preocupó. Nombré a mi mujer, pero mi voz desapareció en el silencio. Repetí su nombre más fuerte. Vengo por ti, dije. Soy yo, tu señor, el señor de los vientos, regresé ya… Un ruido filoso nos hizo voltear, uno de los enemigos nuevos, detrás de nosotros, sacaba la espada. La mujer oscura le dijo algo, pero éste ya me había escuchado hablar en mi forma, así que se me acercó, con la espada me tumbó el casco y miró sorprendido mi rostro.

Poco después, debajo de nuevo, él y otros guerreros reían de mí al mirarme con la ropa de ellos, empujándome, me revisaban sin parar de reír. Decían cosas que yo no entendía pero que no me hacía falta entender. Se burlaban. Pararon de reír cuando vino el atomiyo. No venía solo, le acompañaba un guerrero al que todos le abrieron camino, pues al parecer era el más importante. El atomiyo le dijo algo de mí porque le oí decir mi nombre. Luego habló con el guerrero que nos había encontrado en casa Tlaxicco. El atomiyo miró a la mujer y le dijo algo, ella cayó de rodillas y le besó la mano, pero los guerreros la llevaron a un árbol y esta vez fue a ella a la que le desnudaron la espalda y la azotaron. Le dije al atomiyo que había sido yo el que la hizo llevarme a casa Tlaxicco, pero no entendía mis palabras. Sólo ella podía decírselas pero no lo hacía, gritaba y lloraba mientras el arma zumbadora le arrancaba trozos de carne. El guerrero dejó de pegarle cuando ella ya no se movió, pero el guerrero principal dijo algo y uno se fue deprisa. Entonces me miró el atomiyo con mucha severidad. Aquel guerrero que se había ido regresó con un jarro grande de agua y se lo arrojó a la mujer en la cabeza, ella abrió los ojos y el otro guerrero volvió a golpearle la espalda con el arma zumbadora. Ya no volvió a cerrar los ojos, pero dejó de gritar y moverse, entonces los guerreros la desamarraron, la pusieron de pie y la llevaron frente al atomiyo. Él le dijo algo. Ella apretó un poco la boca y lo escupió. La saliva rodó de la cara del atomiyo hasta caer en la figura que llevaba en el cuello, la de su dios de los brazos estirados y los pies juntos. Aquel guerrero principal se acercó con un pedernal pequeño, cogió a la mujer de la cara y le hundió el pedernal debajo de un ojo y se lo arrancó, luego hizo lo mismo con el otro ojo. La dejó caer y todos se marcharon de ahí sin fijarse en mí.

Me incliné y abracé a la mujer oscura, su tonalli ya no estaba con ella, apreté su cuerpo y le dije:

—Cántame tu canción, mujer oscura… «Si puedes caminar, puedes bailar. Si puedes hablar, puedes cantar».

Cerré los ojos y la miré en lo oscuro de mí, bailando, cantando y poniendo flores en mi ventana.

39

El humo volvió a subir en lo alto de casa Tlaxicco, libando mexicas al dios de los brazos estirados y los pies juntos. Yo no pude regresar a mi calpulli, no me lo permitieron. Ahora debía vagar por Tenochtitlan, atenerme a la comida que me arrojaban quienes me veían pasar, lo mismo totonacas que enemigos nuevos, siempre con burla y desprecio. Nadie me atacaba. Supe, por el señor Tonatiuh, que seguía encargado de encontrar para el atomiyo al guerrero del Anicrisotl, sólo que ya sin favores ni buenos tratos, sin lugar en la mesa de Tonatiuh y su caprichosa mujer. A veces, frente a mí, los enemigos nuevos cogían a este o aquel mexica para llevarlo a casa Tlaxicco, de modo que yo supiera que los podían seguir volviendo humo hasta que yo hiciera lo que se me pedía. Por eso los mexicas me repudiaban.

No sólo yo buscaba a Tzilacatzin, también los enemigos nuevos, en ese buscar terminaban sus cabezas en los parajes, encajadas en ramas, montadas por pájaros que les comían los sesos. El espanto era tan grande que muchos atomiyo se juntaban a pedirle al dios de los brazos estirados y los pies juntos poder para encadenar al Anicrisotl y devolverlo a su mundo de sombras. Esto lo sabía yo por Tlaneci, que seguía vendiendo en el mercado, donde ya pocos iban. Le gustaba contarme todo eso. Le maravillaba saber del mundo de esas gentes. Me decía que a él no lo molestaban, tal vez por viejo y desdentado.

—¿Dónde puedo encontrar a Tzilacatzin? —le preguntaba yo.

Sonreía y me largaba otro de sus jarros de octli invisible. Pero no estaba del todo yollopoliuhqui; decía que los enemigos nuevos pensaban que la fuerza de Tzilacatzin no venía de ser un bravo guerrero sino de las hierbas y secretos de los nahualli, por esto también los buscaban para matarlos, pero los nahualli sabían esconderse y era difícil dar con ellos.

Buscando a Tzilacatzin los enemigos nuevos entraban en las casas, mataban a las familias creyendo que escondían al enemigo.

—¿Por qué lo sigues buscando? —me llegó a preguntar Tlaneci.

—Ya te dicho que mientras no lo encuentre mi mujer seguirá en casa Tlaxicco.

—Pero también me has dicho que ya la buscaste ahí, que dijiste su nombre y no respondió.

Lamenté haberle contado eso.

—Opochtli, tal vez ya la encontraste y no te has dado cuenta.

—Cómo dices así…

—El humo está en todas partes, a veces pasa, nos envuelve y sigue de largo hasta desaparecer. Es el humo que huele a nosotros. ¿Lo has sentido?

Le dije que sí.

—Puede ser que tu mujer te diera un abrazo y siguiera de largo.

—No voy a dejar de buscarla, dame más octli.

Llenó el jarro de lo invisible y me lo dio.

No se me permitía dormir en las calles ni en las puertas de la casa de nadie, tenía que irme a las orillas de la ciudad y buscar acomodo donde fuera, casi siempre en la hierba, pero cuando amanecía ya estaban cerca algunos enemigos nuevos, mirándome impacientes. Entonces debía volver a buscar a Tzilacatzin, hacer como ellos, detener mexicas, preguntarles si lo habían visto. A veces los criados de Tonatiuh me encontraban para decirme que yo no parecía hacer otra cosa que caminar y hablar. ¿Es que ya no era un buen buscador? ¿Es que no me importaba que los mexicas murieran en casa Tlaxicco? ¿Es que mi mujer tampoco ya me importaba?

Tal vez eso era cierto, ya no era un buen buscador. Eso, como mis tiempos de Guerrero Águila, había desaparecido. Quería tener ideas de gran cazador, pero cuando armaba las trampas en mi cabeza para atrapar a Tzilacatzin, se me iba el humor recordando a la mujer oscura muerta en mis brazos, el silencio en casa Tlaxicco cuando dije el nombre de mi mujer. O que ya no había un tlatoani guerreando, que a nadie había convencido de buscar a Huemac. Entonces era yo quien me hacía una pregunta. ¿También tú te has rendido?

40

Esa mañana me encontraron varios guerreros, uno me pateó la cabeza y me dijo con señas que despertara. Otro hablaba mexica, no mucho, pero se hacía entender, debía ir con ellos y mostrarles el lugar donde encontré a Temoctzin y Tzilacatzin. Anduvimos unos pasos y más allá de los árboles quedé maravillado al ver los perros grandes de montar; eran cinco, tres negros y dos del color del árbol cuando se moja. Los animales no se agitaron cuando los treparon los hombres. Uno de ellos me pidió que caminara rápido para seguirlos. Yo seguía con la boca abierta, mirando los perros grandes, eso hacía reír a los guerreros que decían cosas de mí.

—¿Tú también crees que el animal y el hombre están pegados? —me preguntó el guerrero risueño.

No lo comprendí.

Los llevé donde los otomíes se tiraron de la barca; señalé las aguas. El guerrero me hizo una pregunta. Repitió las palabras y no volví a entenderlas, entonces enfureció y me pegó en la cabeza con la mano abierta. Esta vez habló despacio, quería saber si debajo del agua había cosas que pudieran matarlos, le dije que ahí vivía la señora Chalchiuhtlicue y que era celosa de su casa. No se podía entrar sin pedirle permiso. Dijo que mi decir era estúpido, que les contara de nuevo lo que pasó aquella vez que uno escapó y al otro lo llevé muerto a la casa de Tonatiuh.

—Habla despacio —me dijo cuando comencé— para que pueda entenderte…

Él repitió mi decir a los otros, le contestaron cosas y se quedaron callados un poco, como decidiendo qué hacer.

—Nos han dicho de ti que sabes oler a la presa. ¿Es eso cierto?

Dije que sí, aunque yo no era un cazador.

—Anda pues, échate y comienza a oler dónde orinó el animal.

—¿Qué animal?

—Tzilacatzin…

No entendí y no sabía si decírselo.

—¡Échate ya y comienza a buscarlo!

A cuatro patas fui oliendo la hierba, los árboles, ellos reían detrás de mí. Cuando me detenía, señalaban hacia otra parte para que fuera pronto hacia allá.

—¿Lo hueles ya? ¿Dónde cagó? ¿Dónde meó?

Algo era cierto, se puede oler a la presa, aunque no sea un animal. La hierba estaba aplastada, algunas ramas arrancadas habían servido para hacer un átlatl y en un rincón se veía la tierra mojada. Faltaban algunas piedras de las que se usan para lanzarlas con el tematlatl. También se veían rayas en una piedra de las que afilan bien el hacha, así que Tzilacatzin no estaba lejos.

—¿Qué se mueve allá? —El guerrero señaló las ramas y luego lo dijo para los otros guerreros.

—Hay que echarse —advertí.

—¿Echarse por qué?

—Porque lo que se mueve no es el ozomatli.

—¿Un qué?

La flecha se le metió en el cuello a uno, tumbándolo del perro de montar. Los demás levantaron sus tirafuego, mirando a todas partes; yo me tiré en la tierra. Los guerreros sacaron fuego hacia las ramas que se movían. Pronto cayeron tres más, atravesados por hachas y flechas. También los perros grandes fueron doblegados, tiré del hombre que seguía en uno para que se echara. Nos quedamos quietos entre los animales que hacían ruidos y los hombres que lloraban y gritaban mientras eran atravesados. Yo no miraba a esos hombres, sino los ojos grandes de los perros en los que se dibujaban las aguas del Mictlán. Eran los primeros animales así que llegaban donde Mictlantecuhtli. ¿Qué diría él de ellos? ¿Qué diría su mujer rezongona? ¿Los comerían? ¿Los montarían?

Las ramas se sacudieron un rato más hasta que ya no se movieron.

—No está solo. Ya juntó a los suyos.

El guerrero me miró con los ojos muy abiertos, como si no quisiera que mis palabras se le escaparan de la cabeza.

—Tzilacatzin ya no está solo —repetí.

—¿Por qué no nos matan ya?

Las ramas volvieron a sacudirse y el hombre se cubrió la cabeza.

—¿Están ahí? ¿Están ahí? —me preguntaba.

Miré entre las patas de los perros hacia las ramas. Eran algunos ozomatli que habían llegado a mirarnos. Estaban asombrados, se veían entre ellos como tratando de darse ese asombro. ¡Guir! ¡Guir!, chillaban fuerte, haciendo temblar al guerrero.

—Se fueron —dije cuando también los ozomatli se aburrieron de vernos.

—¿Por qué? ¿Por qué no nos matan? —me siguió preguntando el guerrero—. ¿Es por ti? ¿Tienes tratos con ellos?

—Quieren que regresemos con los muertos y con el espanto en los ojos —expliqué.

Poco a poco el guerrero se quitó las manos de la cabeza y fue mirando alrededor. Sólo quedaban dos perros de pie.

Veníamos, pues, por las calles con los guerreros muertos y cruzados en los perros grandes. Otra vez los enemigos que andaban por ahí nos miraban, algunos le preguntaban al guerrero qué había pasado, éste les respondía y ellos me miraban con furia.

Uno a uno, fueron tendidos en el jardín de Tonatiuh. El atomiyo caminó entre ellos, mirándolos más con furia que con tristeza. Poco a poco fueron llegando otros guerreros, tamb́ien Tonatiuh y su señora Citlalli. Tonatiuh y la señora me miraban con recelo, los guerreros se fijaban mucho en las flechas metidas en las carnes de los hombres. Entonces llegó otro atomiyo, habló con el primero y luego me dijo en mi forma de hablar:

—Opochtli, el corazón del atomiyo está roto de tristeza, se ha dado cuenta de que estas tonalli perdidas han sido por su causa, no por la tuya. Te ha enviado a cazar al enemigo a ti que no tienes una tonalli.

Me maravilló oírle decir eso. ¿Qué hombre no tiene una tonalli, qué animal, que árbol, qué cosa no la tiene? Tal vez no lo había escuchado bien.

—… pero ya no pasará así, porque se te dará con qué vencer al enemigo y atarlo.

—Tengo mis armas —dije—: el macuahuitl, el átlatl, el hacha, el pedernal, el venablo, y antes el corazón del águila en mi cabeza.

—Opochtli, hijo —así me llamó ese atomiyo—, no son esas armas las que te hacen falta. Sólo es una.

41

Una criada me acompañó a las tinajas, me dijo que debía bañarme y ponerme un maxtlatl blanco y sin adornos, después volvió por mí. Regresamos al jardín donde seguían los dos atomiyo, el de mirada dura y el bondadoso, además de Tonatiuh, su señora fría, algunos enemigos nuevos y varios mexicas que también llevaban maxtlatl blancos. Me hicieron ponerme detrás de ellos y uno a uno nos fuimos acercando a los dos atomiyo, donde debíamos hincarnos mientras el bondadoso mojaba nuestras cabezas y decía palabras. Después, la criada me llevó a la cocina y me sirvió algunos pocos alimentos, tortillas y frijoles.

—Sé tu nombre —le dije.

—Cállate, debes estar en silencio.

—¿Por qué?

—¿No escuchaste? Te presentaron con el dios. Piensa en eso. En nada más.

—Eres Nochipa, escuché que así te llamaron.

—¿Y eso qué importa? Come y calla.

—¿Por qué los atomiyo mojaron mi cabeza?

Siguió calentando las tortillas sin responder. Estaba seria y triste.

—¿Tienes a alguien en casa Tlaxicco, Nochipa?

Por primera vez me miró largo.

—¿Quién? ¿Tu padre? ¿Tu madre? ¿Tus hijos?

Fue a mirar que nadie anduviera cerca, regresó, sacó tortillas del comal y las puso cerca de mí. Hablando bajo me dijo:

—A mí también me mojaron la cabeza, pero mi gente ya fue muerta en Tlaxicco.

—Dime más.

—¿Decirte qué? Te han prometido que te devolverán a tu mujer, pero ya está muerta.

—No digas eso, no lo está.

—Pocos regresan de Tlaxicco.

—¿Pocos? ¿Quiénes sí?

—Ya no preguntes.

—Tienes que decírmelo. No te dejaré en paz.

—Sólo quieren que les encuentres a los que son feroces, a los que todavía les dan guerra. El señor Tonatiuh les ha dicho que eres un buen buscador, por eso te tienen, pero te han engañado...

—¿Quién era tu familia?

—Ya no quiero hablar contigo, Felipe.

—¿Felipe?

—Es el nombre que te dieron, ¿no lo escuchaste? ¿Dónde estabas cuando hablaban?

—No entiendo su decir.

—Pero no todo lo hablaban en su decir.

—No quise escuchar, entonces...

—Eres tonto, Felipe.

—Deja de llamarme así. Mi nombre es Opochtli, el señor de los vientos.

Se echó a reír, tapándose la boca. Cogí un puñado de frijoles y se los embarré en el cabello, le asombró que hiciera eso y trató de hacer lo mismo, hasta que quedamos sujetándonos de las manos.

—¿Ahora cómo te llaman? —le dije.

—Felipa —respondió.

Nos miramos asombrados y nos echamos a reír. Ella trató de taparme la boca para que no se escuchara mi reír. Sus ojos suplicaban que ya no riera más, pero ella tampoco podía parar.

—¿Felipa? —le preguntaba, y ella decía:

—Sí, Felipe.

Y eso nos hacía reír hasta el dolor.

Un ruido nos hizo callar, pero nadie vino.

—Les diré que ya hablaste conmigo si no me cuentas... ¿Quiénes sí pueden salir de casa Tlaxicco? ¿Conoces a alguien?

—No te diré más.

—Yo también he estado ahí —dije—. Vi mucha gente en las jaulas. Los había viejos, no sólo niños, mujeres y hombres jóvenes. Tu gente todavía puede estar en las jaulas. Y mi muchacha también.

—¿Por qué la llamas así?

—Porque es joven.

—Pues dala por muerta y no te atormentes. Búscate otra muchacha. Si haces lo que te piden te darán un lugar entre ellos. Escuché que pronto traerán mujeres, quizá te permitan quedarte con una.

—Sólo hay una muchacha.

—Eres viejo e idiota.

—Tú más por dar por muerto a tu tata.

42

Esa noche dormí en casa de Tonatiuh, pensado en las palabras de Nochipa y en que el atomiyo había mojado mi cabeza para que su dios me viera como uno de los suyos. Me habían puesto un nombre nuevo, como al totonaca Nakuh, un nombre que trataba de no recordar ni de repetir como nombre mío de mí, porque ¿qué es del mexica que olvida el nombre que le dieron sus tatas? Es un mexica al que ya nadie nombra, ni la gente de su calpulli ni la tierra ni el agua ni su cosecha. Ahora le dicen ese nuevo nombre y él hace caso, como los animales, aunque por dentro no sienta nada.

Al despertar no se me pidió buscar a Tzilacatzin, ni ése ni muchos días en que lo único que debía hacer era ir con los otros mexicas que habían sido mojados de sus cabezas a la habitación de la casa de Tonatiuh que se había vuelto el lugar donde se ofrendaba al dios bueno. Ahí estaba él, muy grande en la pared, con sus brazos estirados y pies juntos atravesados en la madera, con espinas de maguey en la cabeza, lleno de sangre. Muy sufridor. El atomiyo bueno decía cosas en su modo y luego en el modo mexica, cosas que antes yo le había oído decir a Yuma; cómo habían matado a ese dios y todo eso. Era grande la necesidad del atomiyo de que creyéramos en su dios y olvidáramos a los nuestros porque, según decía, no los había, aunque sin haberlos eran amigos del Anicrisotl. Yo me preguntaba cómo los dioses pueden no ser y, no siendo, ser tan odiados.

No sólo los criados y los que servíamos en otras cosas a Tonatiuh escuchábamos al atomiyo, también lo hacían él y Citlalli. Nos contaban las cosas del dios y se nos enseñaba a entonar cantos para libarlo y agradarlo. Yo sólo movía la boca, sabía que nadie escucharía mi voz muda entre las voces de los guerreros nuevos, los mexicas, el señor Tonatiuh y su señora. Nadie veía mi cabeza donde recordaba mi vida mía de mí y pensaba alguna otra forma para que mi muchacha no se volviera de humo. Nadie veía que me alegraba el corazón que Tzilacatzin hubiera dejado de comer semillas de ololiuhqui y de arrancar cabezas de quien fuera para ponerse serio en sus armas y combatir a los enemigos, juntándose con otros guerreros. Pero también quería atraparlo para que el atomiyo me devolviera a Zayetzi. No el atomiyo duro, el bondadoso.

A este atomiyo se le podían decir las cosas; decía que era bueno contárselas para que él se las dijera después al dios bueno y éste no estuviera enfadado con nosotros. Así le dije lo de mi muchacha, le pedí que ya no siguiera saliendo humo de casa Tlaxicco. Me preguntó cómo había conocido a Zayetzi y cuando lo escuchó dijo que no había sido del agrado del dios bueno, pero que si era su voluntad ella regresaría y le mojaría la cabeza igual que a mí y volveríamos a estar juntos aquí y en el Teteocan.

—También te quiero pedir que esté ahí Sihuca, es mi amigo mío de mí.

—¿Quién es ese amigo?

Le señalé al perro que andaba por ahí siguiendo las pisadas de la señora Citlalli.

El atomiyo bondadoso se volvió furioso conmigo, sólo por unos días.

Una noche seguí a Nochipa. A veces la miraba hacer itacate de chiles, tortillas, chipilines, epazotes y verdolagas, para llevarlos a su calpulli, donde quedaban pocas gentes y no había alimento, pues los enemigos nuevos habían herido demasiado la tierra y hasta el maíz se les escondía. Decían de

Nochipa —y esto agradaba al dios bueno, según el atomiyo bondadoso— que ella era así, amadora de los demás.

La seguí porque quería hablar con ella de casa Taxicco, de los que sí podían salir y cuál era la manera de hacerlo. No me costó seguirla en la noche ni tampoco esconderme de los pocos enemigos nuevos que andaban por ahí. La miré cruzar los puentes, las calles, llegar al calpulli, tocar puertas y repartir el itacate, y luego volver por el camino, donde decidí salir y hablarle. De pronto se quedó quieta, miró hacia todas partes, me escondí en la hierba y luego ella se metió entre las plantas y caminó rápido, pero se detuvo porque algunas cosas se le cayeron del itacate y se quedó a recogerlas. Después siguió hasta el hueco de una cueva escondida por las ramas caídas de los árboles. Fui poco a poco, la miré llegar junto a un viejo flaco que se apuraba a abrir el itacate y a comer lo que encontraba.

—¿Quién es ése?

Los dos se echaron atrás; ella asustada. Me acerqué para mirarlo bien. Cerca de él tenía cosas que yo había visto en otros lugares; hierbas de sueño, cáscaras para ver lo que vendrá, ojos secos de animales.

—No les gustará saber que escondes a un nahualli, Felipa.

—¡No se los digas! ¡Tienes que escucharme, Opochtli!

—¿Ahora tienes ganas de hablar?

Se me echó a los pies, sujetándolos para que no saliera de la cueva.

—¡Es mi tata!

—Dime cómo y quién sale de casa Taxicco.

—No lo sé, el atomiyo los escoge.

—¿A quiénes? ¿Por qué los escoge?

Revolvió los ojos, como buscando respuesta.

—Sólo él sabe a quiénes sacar.

—¿Pero cómo lo sabe?

—No lo sé. Los mira, les toca la cabeza, cierra los ojos, los abre y luego aparta a los elegidos. Así hizo conmigo el atomiyo Díaz.

Hablaba del atomiyo furioso, no del bondadoso.

—¿Cuándo estuviste ahí? Debiste conocer a mi muchacha. A Zayetzi.

—No hablábamos entre nosotros.

—Dijiste que está muerta.

—Lo dije para que me dejaras en paz.

—Dime la verdad o llevaremos a este viejo a que lo maten.

—¡No lo sé, Opochtli! ¡No sé si la vi!

—Es joven.

—Había muchas así.

—Es bonita.

—Había bonitas.

—Tú no lo eres, así que piensa en una que sí lo fuera.

—Déjala ya —dijo de pronto el viejo con voz cansada—, preguntas necedades. No los conoces, por eso te derrotan, por eso es que les es fácil esconderte a tu mujer como si fuera un juguete y hacerte sufrir. No sabes nada de ellos.

—Sé que te machacarán los huesos por ser un nahualli.

—¿Lo ves? Ni siquiera conoces a tu propia gente. Te pareces a ellos. No sabes que hay tlatlacatecolos, tlaciuhque, titici y muchos más, que cada cual tiene su saber. Unos vemos en el agua a las gentes que están lejos, otros te dicen la vida que te vendrá, otros te arrebatan de los dientes de Mictlantecuhtli, otros se tragan la ponzoña de la víbora que te mordió. Hay curadores y engañadores… Siéntate —el viejo señaló el suelo—, bebe octli y escucha.

Hace mucho que no lo bebía, así que me senté y me llené un jarro.

—Éste lo robas de casa de Tonatiuh, porque sabe bueno —reprendí a Nochipa—. Eres tonta, un día se darán cuenta.

—El tonto eres tú porque sigues pensando en tu muchacha —contestó Nochipa—. Búscate otra. Si haces lo que te piden te darán un lugar entre ellos. Escuché que pronto traerán mujeres, quizá te permitan quedarte con una.

—Sólo hay una muchacha.

—Eres viejo e idiota.

—Callen los dos —dijo el viejo—, tienes que dejar de buscar. No hay nada que buscar, todo está en su lugar. ¿No lo ves? Te afanas en mover cosas que ya se mueven, en poner quietas las que ya están quietas. Si te quedas callado y miras, las cosas hacen lo suyo sin que tengas que obligarlas.

—Seguro que tú le aconsejaste a Moctezuma pensar de esa manera. No, viejo, un guerrero debe luchar, no puede quedarse quieto. El buen guerrero ama la guerra.

—¿Y si ese guerrero está soñando? ¿Para qué lucha?

—Yo no sueño, viejo.

—¿Cómo sabes que no sueñas?

—Lo sé porque estoy despierto.

—¿Cómo sabes que lo estás?

—El octli sabe bien, la cueva está caliente, afuera se siente el frío que dejó Tláloc cuando mojó la hierba. Todo eso pasa cuando se está despierto.

—¿Y cuando se sueña no?

—Pasa, pero no todo se puede ordenar en la cabeza; son tonterías.

—¿Y cuando estás despierto no lo son?

—Deja de confundirme, ya veo que eres un nahualli engañador.

—Veo que piensas que estar despierto y soñar son cosas separadas, pero hay algo de una en la otra. No hay modo de despertar sin soñar, ni soñar sin despertar, no hasta que te vayas de aquí de verdad, entonces vas a ver con tu tonalli que sólo soñaste tu vida tuya de ti.

43

No recordaba el regreso; había bebido mucho octli; veía que la boca de la cueva estaba algunas veces arriba y otras abajo. Me veía usando a Nochipa de bastón para regresar a casa de Tonatiuh, caminado primero por la hierba y después por las calles, diciéndole que le perdonaba la vida a su tata sólo porque no quería que los enemigos nuevos siguieran matando mexicas, pero que nada me quitaba de la cabeza que el viejo era un nahualli engañador. Nochipa me seguía llamando tonto y terco por querer encontrar a una mujer entre tantas, también porque buscaba derrotar a quienes eran más fuertes que los mexicas. Lo que debía hacer, dijo, era esmerarme en aprender el hablar de mis enemigos, mostrarme amoroso del nuevo dios; ya grande era mi suerte de que no quisieran matarme. Después no supe por qué desperté entre los criados, cuando me pareció que me había dormido en el jardín de la casa de Tonatiuh.

Me callé lo del tata de Nochipa y ella, que sabía mirar y escuchar, me contaba que los enemigos nuevos se disponían a ir en gran número por Tzilacatzin y sus guerreros, en esos planes me nombraban a mí como el indio Felipe. De casa Tlaxicco me volvió a decir lo mismo de la cueva, que algunos pocos eran perdonados. Mira aquella mujer, a ésa la sacó el atomiyo de Tlaxicco, ahora limpia las armas de ese guerrero y él la trata bien. Mira ese niño, se lo llevó el atomiyo Díaz y lo tiene con él en su casa, y ésta y la otra y el otro mexica, a todos el atomiyo dispuso que el dios bueno los quería con sus cabezas mojadas. A todos se les pide algo, a ti guerrear. Nada es porque sí. Yo aprendo lo que comen, su forma de hablar y sus maneras. Hago lo que me piden, no pienso si vivo o sueño, porque como dice mi tata, es lo mismo.

Muchas veces fui a la cueva sin Nochipa, a veces la encontraba ahí alimentando a su tata y otras estábamos él y yo solos. El tata me decía que mi tonalli me pedía verlo para que me enseñara lo oculto del mundo y de los caminos del Mictlán, yo le decía que más bien iba porque el octli que le llevaba Nochipa era bueno y entonces él ya no me parecía un nahualli sino un niño que ríe y se le surcan los ojos. Comía, pero cada vez estaba más flaco, no salía de la cueva, decía que iba a morir ahí, que parte del tiempo ya andaba en los caminos del Mictlán. No se lo creía. Mictlantecuhtli no te permite llegar y marcharte, pero él decía que los nahualli —como yo los llamaba a todos— tenían otros tratos con el señor del Mictlán.

—¿Qué nahualli eres tú? —le pregunté una vez.

Le pareció bien que quisiera saberlo y por fin mis ojos no vieran las cosas como si fueran una misma. Me dijo que comenzó por ser un xochihua y al final un tlaponhqui. El primero ocupado de que el hombre consiga mujer y el segundo capaz de decir cuál será el devenir.

—¿Cuál será el mío? —le pregunté.

—Despertar.

—¡Ya lo estoy!

—Sigues con eso, Opochtli. Pero ya verás que estás dormido.

—Háblame del devenir de los mexicas.

No quiso decírmelo porque, según él, era su tiempo de callar y dejar que todo pasara. Había sido inútil ser un xochihua y un tlaponhqui, pues nada es para siempre, ni el afán de mujer ni lo que vendrá. Le reproché que hablaba así por su vejez. ¿Qué joven puede serlo si no persigue algo? Nadie nace siendo viejo y resignado.

No siempre me respondía. A veces se quedaba callado, mirándome como un animal al que le hablas y no te entiende, pero que está atento porque salen ruidos de tu boca, hasta que me cansaba de hablar y hacía lo mismo que él, callaba, bebía octli y luego me iba sin decirle nada. Otras veces iba a la cueva y no lo encontraba, cuando regresaba me decía que sí había estado, que me había visto llegar, pero que era yo quien no lo había visto a él, porque tenía tratos con lo invisible.

Había comenzado a respetarlo porque me recordaba al tlatoani Nezahualcóyotl cuando decía, «no para siempre en la tierra: sólo un poco aquí. Aunque sea de jade se quiebra, aunque sea plumaje de quetzal se desgarra. No para siempre en la tierra, sólo un poco aquí». Ese viejo ya no parecía tener codicia de mundo. Un día lo encontré llorando con los labios hacia abajo.

—¡Ay, Opochtli, ay! ¡No queda nada! ¡No hay templos! ¡Las mujeres ya no cantan ni recogen flores para adornar sus casas! ¡Los guerreros ya no caminan con la cabeza en alto! ¡El agua que corre entre las calles ya no trina como los pájaros! ¡Es sangre! ¡Es sangre!

Iba a reprocharle que se quejara, cuando ya se había doblegado antes, pero lo miré y pensé: ¿qué puede hacer este hombre viejo y en los huesos? Nada. Ni siquiera, aunque fuera un nahualli engañador, podría confundir a los enemigos; su mirada no mira lo de este mundo, sus manos abrazan el jarro de octli como las manitas de un nene el pecho de su madre; igual le tiembla la boca al chupar, pareciera que un golpe de viento está pronto a desbaratarlo. Pobre, pobre tatita, lo que no habrán visto tus ojos, la hermosura de Tenochtitlan. Ahora te toca verla desbaratarse, tal vez por eso dices que todo es sueño, porque no quieres ver que la vida está rota, que las plumas del quetzal ya no tienen color.

44

—¡Opochtli, amigo mío de mí! —me llamó Tlaneci esa mañana en el mercado de Tlatelolco.

Fui y lo miré, pero más al perro grande de montar que a él. No se parecía a los que había visto con los enemigos nuevos, fuertes y de pelaje que el sol acaricia y hace ver más oscuro. Éste era flaco —tanto como el tata nahualli (¡Ay, Opochtli, ay!), con la cola se espantaba los moscardones, que de todos modos le volvían encima, el pelo parecía una tilmatli que se ha quedado al sol mucho tiempo, pálida y gris, pero sus ojos sí eran como los de aquellos otros perros, buenos, grandes y mojados. Sobre sus lomos había una tilmatli y sobre ella una cuerda que ataba dos tambos que colgaban a los costados del animal, Tlaneci tenía otro tambo junto a él, me miraba risueño.

—¿No dices nada, Opochtli? ¿No te asombra? ¡Me lo dieron ellos! ¡Me lo dieron para mí! ¡Le he puesto un hombre! ¡Tecuani!

Miré al animal:

—No parece un jaguar.

—Lo sé, éste es manso. —Le acarició el pelaje—. Por eso le he puesto de nombre Tecuani, para que parezca Guerrero Jaguar.

—¿Cómo es que te lo dieron?

—Tres guerreros andaban por aquí, dos sostenían al que traía un pie gordo, lo había mordido un ponzoñoso y se quejaba, escuché que llevaba días así. Tú sabes que yo compongo esas cosas, les pedí que lo hicieran sentarse, mojé hierbas de tepechian y se las puse con octli en el pie, le mejoró el dolor y se fueron. Después vino solo, caminando ya bien, trajo a Tecuani y me lo regaló. Ese guerrero me lo regaló, Opochtli, ya sin pedirme nada. Me preguntó por qué tenía mi tambo vacío, le contesté que desde la guerra ya no había octli y me dijo dónde conseguirlo. Ahora mira estos tambos, están llenos.

—Eso no está bien, hay que vaciarlos. —Cogí un jarro y se lo di.

Soltó la risa y me lo llenó.

—¿Qué pasa por tu cabeza? —me preguntó al ver que mis ojos se orillaban de aquí para allá mientras bebía.

—Que no sería mala idea ponerles a los tambos veneno de flecha y juntar a todos esos enemigos para darles a beber octli.

—No lo digas —Tlaneci se puso serio—, aunque sea broma...

—Lo pensaba de verdad.

—¿Y qué ganarías con eso?

—Matarlos.

—Opochtli, qué necedad. ¿A cuántos puedes matar de ese modo? ¿Y para qué? ¿No lo ves? La guerra terminó. No hace falta que lo diga el tlatoani. Lo sabes cuando miras que un mexica y uno de ellos se cruzan por la calle sin decirse nada. Así lo miras ya, no pelean con nosotros si no los enfrentamos. No hay guerra.

Nunca unas palabras habían entristecido tanto mi corazón.

Tlaneci tenía razón. Volví desde Tlatelolco a casa de Tonatiuh, mirando por aquí y por allá enemigos nuevos que iban en sus asuntos, a mexicas que iban en los suyos, acaso mirándose unos y otros con recelo, pero nadie dispuesto a las armas. Los mexicas no las llevaban, los enemigos sí, pero reposando. De pronto trababan palabras, algún mexica mostraba a los enemigos lo que mercaba; como Tlatelolco se había vaciado, ahora los mercaderes andaban en las calles, templos y puentes, ofreciendo a súplicas lo suyo: plumajes, comidas, vestidos, frutas. Eso me parecía muy feo y miserable. A veces algunos de los enemigos nuevos se mostraban curiosos y rodeaban al mercader, tomaban y miraban las cosas, se las enseñaban unos a otros. El mexica ponía cara de contento y buscaba el agrado en los ojos del enemigo, yo sentía ganas de irles a rebanar el cuello con un pedernal, porque esas sonrisas y mimos eran la verdadera derrota.

Al cruzar el jardín de la casa de Tonatiuh encontré gran número de enemigos nuevos puestos en orden frente a su principal, éste les decía cosas con la voz muy fuerte y firme, todos estaban armados y acorazados. Fue cuando me dije que Tlaneci no tenía toda la razón, esos guerreros todavía se disponían al combate. En un extremo miré a Nochipa, que me pedía con los ojos que fuera pronto con ella, sin detenerme.

Caminaba rápido por los pasillos, sin detenerse y sin decirme qué pasaba. Llegamos al salón, donde el atomiyo Díaz, el señor Tonatiuh, su señora Citlalli y aquel guerrero que hablaba poco la lengua mexica me miraron con gravedad. El guerrero me dijo lo que pasaba, se habían llevado al atomiyo bondadoso de la casa del principal Tizoc, donde el atomiyo habitaba junto con aquél, su familia y los criados. Uno de ellos salió corriendo a pedir ayuda a los enemigos nuevos, después Tizoc, su familia y los demás criados le contaron al guerrero principal que los otomíes habían entrado por las azoteas, tomando a todos por sorpresa. El guerrero principal no comprendió cómo es que no habían matado a nadie, le pareció que habían dejado que los otomíes se llevaran al atomiyo, así que hizo ahorcar a Tizoc y a todos los de la casa.

—Es tu última oportunidad, Felipe —el guerrero replicó las palabras del atomiyo Díaz—, debes guiarlos hasta Tzilacatzin y los demás demonios.

—¿Demonios?

—No interrumpas y calla. Lo harás. —Me miró con ojos de pedernal, igual que el atomiyo.

Había abandonado Tenochtitlan en una barca, acompañando a los guerreros de Tonatiuh para guiarlos en el combate, ya no como un guerrero joven sino como el viejo que sabía cosas de la batalla. Ahora debía guiar a los enemigos nuevos para vencer a los míos, esto lastimaba mi corazón y me hacía preguntarme sobre lo que debía salvar, si a Tenochtitlan o a una mujer. No me veía mirando la vida con mi muchacha siendo un mexica vencido, tampoco me veía andando la Tenochtitlan de siempre sin mi muchacha. Me decía lo que el viejo nahualli: ¡ay, Opochtli, ay!, mientras Nochipa me ayudaba, silenciosa, a bañarme en el río, frotando mi espalda con copalxocotl y después a vestirme como Guerrero Águila; sólo esa condición puse a los enemigos nuevos, les dio igual.

Ya casi para marcharme, recordé las quejas del tata nahualli en la cueva:

—¡Ay, Opochtli, ay!, ahora soy yo quien te hace preguntas, ¿por qué mi vida mía de mí ha sido larga? ¿Por qué mis ojos son obligados a mirar lo que miro? ¿Por qué no puedo irme ya al Mictlán? Les suplico a Mictlantecuhtli y a la señora Mictecacíhuatl que me dejen quedarme ahí y no quieren.

—No sé darte respuestas, pero no salgas de esta cueva, piérdete en el octli si ya no puedes pelear. O pelea, aunque estés viejo. Pelea hasta morir. O conviértete en animal, ¿no es lo que hace un nahualli?

—No todos.

—¿Lo hacías tú?

—De muy joven, me convertía en coyote y en ocelote.

—Pues hazlo.

—Una vez, ya viejo, lo intenté y sólo conseguí ser un perro flaco y sin dientes…

Lo miré con una sonrisa y me pareció que el viejo ya no estaba ahí.

—Pelea —me decía ahora Nochipa, ayudándome a ceñirme la ichcahuipilli y a montarme la cabeza de águila—, pelea el combate, ayúdalos. Cuando vuelvas salvarás tu vida y yo te ayudaré en todo, seré contigo buena amiga, buena cocinera, buena en todo lo que quieras, lista y pronta para ayudarte a entender a esos comedores de guanábanas. —Sonrió.

—Eres fea, pero tienes bonita sonrisa.

—Y tú eres viejo y estúpido, pero de buen corazón.

—Voy a ayudarlos a matar a Tzilacatzin, ellos me devolverán a mi muchacha, después me iré con ella a buscar a Huemac y sus guerreros, con él echaremos a los enemigos de Tenochtitlan.

—Pobre de ti, que no entiendes que ella está muerta.

45

Los enemigos nuevos acorazados y armados con sus tirafuego, espadas y ropajes duros, algunos totonacas con cascabeles en los pies y yo ataviado de Guerrero Águila, emprendimos el camino al lugar donde Tzilacatzin y los suyos más que guerrear nos habían vencido; por ahí donde los nopales forman los caminos hasta los cerros. Ahora íbamos con el guerrero principal a la cabeza, hacía que sus guerreros no estuvieran montados todo el tiempo en los perros grandes, sino a pie y en grupos que iban rebanando la maleza con sus espadas, asomándose en las cuevas y cuidándose de los árboles. No conocían la maleza, la herían acercando las caras, ella les escupía su furor y los guerreros se rascaban iracundos.

A veces, el guerrero principal les hacía tronchar las ramas altas con los tirafuego para causar miedo; de esas veces llegó a caer algún ozomatli y los demás se iban llorando de rama en rama, ofendidos y rabiosos. Yo me detenía a despedir la tonalli del ozomatli caído y él me hacía gruñiditos dolorosos, amorosos y tranquilos cuando le tocaba el tamborcito de su pecho, que dejaba de latir bajo el pelaje. Los enemigos nuevos me decían que me diera prisa.

A mí me echaban por delante junto con los totonacas, que se burlaban de verme con las plumas de águila en mi cabeza, el chimalli para detener los golpes de hacha, el átlatl, los dardos y mis cactli largas de vistosos cueros. Me llamaban remedo de Guerrero Águila porque no tenía las carnes firmes como un joven, pero yo estaba seguro de que podía vencerlos en un combate cuerpo a cuerpo, porque el guerrero joven echa mano de su fuerza de cuerpo y no de la fuerza de lo humilde. Decían, por lo bajo, que en un descuido de los enemigos nuevos iban a matarme, yo no les hacía caso, me cuidaba más de Tzilacatzin, a quien sí temía.

—¡Acá! ¡Acá! —comenzó a gritar un enemigo nuevo, llamándonos en su forma de hablar, en totonaca y en mexica.

Fuimos corriendo de todas partes a juntarnos hasta el sitio de donde salían sus gritos. Los guerreros, espantados, se hacían la señal de su dios; frente a ellos estaba el atomiyo encajado en dos palos cruzados, como su dios de los brazos estirados y los pies juntos, la cabeza llena de espinas de maguey, los ojos bizcos y la boca muy abierta porque un palo se le metía en ella y le salía por entre las piernas. De la barriga se soltaban los adentros, que a los pies del atomiyo eran picoteados por los zopilotes.

El guerrero principal comenzó a pegar gritos furiosos. Varios de sus guerreros fueron a espantar a los pájaros con las espadas. Tendieron al atomiyo en la hierba con todo y palos cruzados; parecían discutir con el principal si debían sacarle el palo de la boca o por entre las piernas. Uno de los totonacas se apresuró a decirle al guerrero principal lo que le convenía al atomiyo. Lo dijo en su modo totonaca, pero yo entendía parte de eso: el atomiyo era un ninín; no había muerto, pues lo habían atormentado y su tonalli no se iría al Mictlán si los guerreros no se pintaban las caras y le lloraban muchos días. El totonaca no terminó de decirle al guerrero principal cuando éste le puso el tirafuego en la cabeza y le hizo escupir los pensamientos.

—¿Alguien tiene algo más qué decir? —preguntó.

Yo hubiera discutido con aquel totonaca, diciéndole que a los mexicas no nos parece que si alguien muere atormentado se le debía llorar muchos días para abrirle el camino al Mictlán, lo que se debe hacer es hablarle quedito, contarle cosas risueñas y bondadosas. Creí que eso tampoco le habría gustado oír al guerrero principal, así que me quedé callado.

El guerrero principal ordenó que no miráramos cómo le sacaba el palo al atomiyo. Después, cuando ya pudimos mirar lo envolvieron con una tilmatli y lo subieron cruzado al lomo de un perro grande. Recordé cuando él me dijo que le pediría al dios bueno que Zayetzi y yo estuviéramos juntos en el Teteocan. Y que le pregunté si podía también permitírselo a Sihuca, y se enfadó, no entendí por qué Sihuca no podía ir al Teteocan, ahora el atomiyo era llevado por uno como Sihuca, pero de gran tamaño. Un día ese perro grande también moriría. ¿Le gustaría al atomiyo verlo en el Teteocan para darle las gracias por haberlo llevado en sus lomos?

Volvimos al camino, a mí y a los totonacas nos causaba sorpresa ver a los guerreros llorar por su atomiyo, sus caras parecían las de niños tristes que pierden al tata o que no pueden jugar en las calles porque Tláloc tiene las piedras muy mojadas. Algunos se limpiaban las lágrimas y otros dejaban que se les escondieran entre los pelos de la caras. Iban tan tristes y nosotros tan asombrados que no vimos el momento en el que cayeron de entre los árboles Tzilacatzin y sus guerreros.

De ese modo fue el combate: triste y feroz. Los enemigos nuevos hundían sus espadas y las giraban adentro de las carnes de los otomíes, cuando uno hacía eso el hacha del otomí se encajaba en la coraza que el enemigo traía montada en la cabeza y luego, ya despojado, con la misma hacha el otomí le partía la cabeza en dos. Los más ágiles no paraban de golpear, de romper huesos, de correr donde había más pelea. El guerrero principal llevaba bien su nombre, pues cuando lo herían acometía con más furia. Tzilacatzin no era menos diestro, atacaba fácilmente y luego de un salto regresaba a los árboles, desde donde tiraba dardos siempre muy certeros.

¿Y qué era de mí, del viejo Opochtli, en un combate donde se lucían los más jóvenes y fuertes? Yo me tornaba un abridor de caminos, repartía tajos de obsidiana a los otomíes que entre tres cercaban a uno de los enemigos nuevos, les rompía las carnes detrás de las rodillas para que cayeran y dejaba al enemigo nuevo enfrentándose sólo a uno y no a los tres. Cuando se me cansaba la mano de repartir tajos, usaba la punta de un venablo para atravesar los cuellos de los otomíes, eso partía mi corazón mío de mí, pues mi corazón estaba con ellos y no con los enemigos a los que yo también debería estar matando. Fue por esto que cada vez que los otomíes me herían la carne yo recibía gustoso ese dolor. Echaba de mí la tristeza al mirar a los caídos, pensando que luego podría contarlos frente a Tonatiuh para que me devolvieran a Zayetzi.

La batalla perdió fuerza, no porque los cuerpos iban perdiendo el fuego que los mueve a guerrear, sino porque llovía tanta sangre aquí y allá que ponía ciegos los ojos, las armas se resbalaban de las manos. Más de un enemigo nuevo y de un totonaca y un otomí dejaban de pelear, recibían las estocadas casi sin quejarse, tambaleándose de aquí para allá hasta que ya nadie lo hería más y él se sentaba contra un árbol a guardar la cabeza entre sus piernas para así morir.

Sólo una vez crucé combate con Tzilacatzin, me miró ladeando la cabeza, como cuando un hombre le busca forma a un animal, me hundió varias veces una obsidiana en los brazos. Yo lo corté con otra obsidiana aquí y allá, ninguna de esas veces se quejó su cara, la mía sí. Guerrero, Guerrero Águila, me dijo al oído abrazándome con amor y dándome aquella última estocada que me hizo resbalarme en su cuerpo hasta sus pies. Yo le pegué un tajo fuerte en una pierna, esta vez gritó y me miró con respeto, pero me dejó ahí derrumbado para irse a enfrentar al guerrero principal.

Éste se preparó para recibirlo, despojándose de la cubierta de su cara y su cabeza, como queriendo que Tzilacatzin le viera los pelos chorreando la sangre de los muertos y sus ojos de agua azul embravecidos. Pero Tzilacatzin no se atemorizó con la furia de su enemigo, levantó la cara como si saludara a Huitzilopochtli entre las nubes, se despojó de todas las armas y sólo se quedó con la obsidiana. El guerrero principal con su espada. No era yo quien los miraba tendido en la hierba, chorreando mi propia sangre, era mi tonalli al lado de mi cuerpo, y es por eso que aquellos dos no me parecieron hombres sino Huitzilopochtli y Tláloc a punto de trabar combate. Tzilacatzin nunca llegó frente al guerrero principal porque un tirafuego le reventó la carne de la espalda. Todos dejaron de pelear, ellos y nosotros, los enemigos nuevos, los pocos otomíes que todavía estaban de pie, los totonacas, todos. El guerrero principal miró al guerrero que había disparado como si se lo agradeciera, pero también con furia. Aquél volvió a apuntar el tirafuego contra Tzilacatzin, porque aún caído le brincaba el vientre, pero el guerrero principal no se lo permitió. Fue junto a Tzilacatzin y se inclinó para mirarlo de cerca. Tzilacatzin le acarició los pelos mojados de sangre de la cara y tiró un poco de ellos. El guerrero principal le acercó la oreja a la boca; Tzilacatzin le dijo algo que nadie escuchó, sólo ellos, sólo el viento.

46

Unos cuantos enemigos nuevos, un par de totonacas, el guerrero principal y yo llegamos a las calles de Tenochtitlan, sólo dos cuerpos iban tendidos a lomos de los perros grandes, el del atomiyo y el de Tzilacatzin. Los enemigos nuevos iban montados, igual que el guerrero principal; los totonacas y yo a pie. Ninguno iba limpio de heridas. Uno de los totonacas terminó por desplomarse cerca del primer puente que cruzamos, yo tuve que levantarme varias veces, pues animaba mi corazón ya no ver salir humo de casa Tlaxicco, no hubo una sola vez que Tonatiuh no cumpliera su palabra; me devolverían a Zayetzi y aunque mis heridas ya no tendrían cura, mi muchacha y yo podríamos pasar la tarde en la puerta de la casa bajo la luz del cielo, le contaría cómo el Señor de los vientos peleó su última batalla. Ella era buena para hacer reír; lo haría contándome de cuando les hacía chanzas a los niños que iban a pedirle dulces de maíz, de cómo discutió alguna vez con un marchante en Tlatelolco porque las flores ya estaban medio secas y él se las quería vender como si acabara de soplarlas la señora Chantico, que es la que enciende el fuego de las casas. También era buena preparando esas tortitas de maíz de olor suave, le pediría que fuera a ponerlas al comal, quizá cuando volviera ya no me encontraría, pero le alegraría ver que en mi rostro se había quedado la sonrisa de lo último que me dijo. Cerraría mis ojos con sus manos, para no ver más a Tonatiuh en lo alto y emprender mi camino al Mictlán.

Me desplomé pensando en eso y cuando abrí los ojos miré a Chantico con su fuego, bailando despacito, pero no era ella, era Nochipa. No estábamos en casa del señor Tonatiuh; estábamos en la cueva. Después de mirar a Nochipa que me veía despertar, largué los ojos buscando a su tata.

—Ya se marchó —dijo Nochipa.

Intenté sentir al menos su tonalli.

—Tampoco está —volvió a hablar Nochipa.

Le pregunté qué había pasado y mientras me contaba yo lo iba recordando. Habíamos llegado a casa de Tonatiuh, donde el guerrero principal dio cuentas al atomiyo y a otros guerreros principales del resultado del combate. Miraron con gran curiosidad a Tzilacatzin, no parecía tan grande ni invencible, más bien pequeño y flaco. Dispusieron quemarlo hasta hacerlo desaparecer por completo y arrojarlo a las aguas más profundas, donde su señor el Anicrisotl no pudiera devolverlo a la vida para seguir guerreando contra el dios de los brazos estirados y los pies juntos. Esa tarde el cielo se tiñó de sangre, muchos enemigos nuevos y atomiyos temerosos se hicieron la señal de su dios, pensaban que Tzilacatzin no había sido un guerrero del Anicrisotl sino el mismo Anicrisotl, enfurecido porque le habían matado las carnes en la guerra. Pero, dijo Nochipa, que aquella sangre en el cielo era más bien la de los mexicas que se había vuelto polvo y el viento se había llevado.

—¿De qué mexicas? —le pregunté.

—El atomiyo y su gente estaban enfurecidos por lo del otro atomiyo, porque se lo habían llevado, así que terminaron de quemar a todos los que quedaban en casa Tlaxicco.

Me puse de pie como pude, Nochipa intentó detenerme. Salí de la cueva, comencé a caer y a levantarme y a arrastrarme.

—¡Está muerta! ¡No seas terco! —me gritaba la mujer, andando detrás de mí, llorando porque cuando me ayudaba a ponerme de pie era para seguir mi camino mío de mí.

Debí tardar un tiempo largo en llegar a casa Tlaxicco, porque el viento se había vuelto duro y frío, no como cuando salí de la cueva y estaba tibio. O tal vez no era el viento lo frío y duro, sino mirar Tlaxicco abandonada, rotas y humeadas las paredes, entrar y gritar el nombre de mi muchacha y sólo oír el hueco de lo muerto.

—Devuélvete ya, no queda nadie —dijo Nochipa detrás de mí.

—¡Lárgate! ¡Yo también ya estoy muerto! —le respondí.

Comencé a subir. Mi sangre manchaba las escaleras y me hacía recordar cuando de muchacho los mayores nos castigaban haciendo que nosotros mismos nos hiriéramos las intimidades con espinas de maguey. Mientras daba vueltas y me sujetaba de las paredes me venía al pensamiento lo bonito de la niñez, los zapotes que ponían la boca negra y dulce, las tardes en los puentes cerca del río con el sabihondo Yuma, mi necedad que tanto lo enfadaba, pero que lo hacía contarme cosas y sentirse mi hermano mío de mí. Mi enemistad con Tláloc porque me arrebató a mi primera mujer; la primera vez que la miré junto a Zayetzi y a su yaya en una jaula. La primera vez que Zayetzi tomó mi tonalli y la amarró a sus cabellos largos negros y fuertes y ya nunca quise irme de su vida suya de ella. El día de mi orgullo, cuando los hombres sabios y los guerreros principales me llamaron Guerrero Águila y me ataviaron. Todo eso se fue quedando en las escaleras detrás de mí, pero esta vez no me detuve frente a las jaulas donde era cierto, ya no había nadie, fui al hueco donde resbalaban los cuerpos incendiados, cuerpos que nunca llegaban al suelo porque se pegaban a las paredes del túnel donde terminaban de arder. Ahí ya no tuve más que pensar, qué decir ni razón para caminar, me doblé y caí en el hueco.

El viaje fue largo y oscuro, nunca me atoré en las paredes, nadie me acompañó, las tonalli de quienes pasaron por ahí se habían ido, pero en esa oscuridad olía a humo y sangre. Al llegar de nuevo al pie de casa Tlaxicco y caer fuera de la hierba, pero del otro lado, me quedé quieto. ¿Por qué no acabo de irme?, pensé.

Más allá del camino, donde la tarde se apagaba, aparecieron tres sombras turbias de polvo y viento, que las hacían aparecer y desaparecer. Sólo una era de hombre, aunque encorvada, la otra era grande y la otra pequeña. Son ellos, me dije, la gente de Mictlantecuhtli ya viene por ti, sonríeles para que luego no te traten mal. Tardaron en llegar lo mismo que el tiempo en que una obsidiana enrojece bajo el fuego.

—Pobre amigo mío de mí, mira cómo has acabado. Pero no estés triste, Opochtli, llevas tus atavíos de Guerrero Águila, estás muriendo como debe ser. ¿Quieres beber lo último?

Moví la cabeza diciéndole que sí, entonces el viejo Tlaneci abrió el tambo que colgaba del perro grande que le habían regalado los enemigos nuevos, hundió un jarro, lo llenó de octli y me lo acercó a la boca; sólo pude mojarla. Lo devolvió a su sitio. Me levantó como pudo, yo tuve que poner de mí, y me echó sobre el lomo del animal. Era la primera vez que podía estar encima de uno y eso me alegró el corazón; su pelaje era suave, pero viejo, tan viejo como él, pero estaba tibio como la tilmatli que una madre calienta cerca del fuego para cobijar a su nene pequeñito. Amigo mío de mí, pensé, ya eres mi amigo, a Zayetzi le hubiera gustado conocerte.

El viejo Tlaneci tomó la cuerda atada al cuello del perro grande y lo hizo moverse; él iba de pie, sujetando al animal y yo cruzado en los lomos. El nombre que Tlaneci le había puesto al perro grande se me vino a la cabeza y me hizo sonreír, porque Tecuani era un nombre de jaguar, y ese perro grande más bien parecía pariente de venado. Alcé la cabeza para mirar cómo nos alejábamos de Tenochtitlan, entonces descubrí que Sihuca venía detrás nuestro, olfateando las huellas que íbamos dejando en el camino. Llegamos al pie de la señora Iztaccíhuatl, donde Tlaneci me bajó del perro grande y se despidió de mí; pude estar de pie un poco.

—Cobíjate, Opochtli, va a hacer frío donde vas —me dijo, señalando aquel agujero por el que una vez corté camino para llegar a Tenochtitlan.

Miré el agujero y no me pareció que pudiera caber ahí, entonces Sihuca lo rascó con las patas y pude entrar a refugiarme como un nene en el vientre de su madre.

47

—¡Aquí está! ¡Aquí adentro!

Gritaba la voz, y algo también gritaba otra voz en la forma de hablar de ellos. Yo me preguntaba si, además de mexicas, ya había enemigos nuevos en el Mictlán, porque sólo de ahí podían venir las voces.

—¡Le veo la mano!

El agujero se había vuelto hogar de frío, no vientre de madre ni brazos de yaya arrulladora. ¿O el frío eran las heridas, los muchos tajos que me hicieron Tzilacatzin y sus guerreros? ¿O era que en el Mictlán soplaba fuerte el viento que rompe la piel, como cuando la señora Iztaccíhuatl nos respira?

—¡Rasca!

¿Qué caras habrían puesto los enemigos nuevos cuando ya muertos se miraron las tonalli llegando al Mictlán? ¿O estarían en el Teteocan de su dios de los brazos estirados y los pies juntos? Era difícil saberlo, pero si habían venido de tan lejos a dejar la vida en Tenochtitlan no les quedaría más remedio que vivir donde decidieran nuestros dioses. Era bien sabido que Mictlantecuhtli no hacía distingos para recibir a quien fuera, que su señora, la furiosa Mictecacíhuatl, siempre tenía hambre y le gustaba devorar la tonalli de todo lo que fue, de todo lo que alguna vez vivió; la chupaba ansiosa, desesperada, como tratando de deleitarse en las cosas que ella no conoce: el aire, las frutas, las flores, la alegría y hasta la tristeza del hombre.

Uno también podía ser llevado por alguien importante como Tláloc o Huitzilopochtli para habitar sus mundos, pero ésa ya era mucha distinción. A mí nunca me llevaría Tláloc porque ese señor y yo teníamos gran enemistad, y Huitzilopochtli sólo escogía las tonalli de guerreros renombrados para que habitaran su morada. El renombre es cosa de los principales, ellos siempre dicen quién vale y quién no, aunque quienes reciben sus elogios no sean verdaderos guerreros sino aduladores que les endulzan los oídos.

—¡Más abajo! ¡Más adentro!

Las manos me agarraron por debajo de los brazos y me arrastraron fuera del agujero. Apreté los ojos y los sentí romperse por el frío blanco que se les había pegado. Poco a poco distinguí la cara.

—¿Yuma?

Me miró sin sonreír, más bien furioso, tal vez porque cuando estaba en vida le había reventado la cabeza con una piedra. También la miré a ella, a la guerrera flaca. De ella había sido la otra voz que escuché.

—Te lo advertí—dijo Yuma—, te dije que no subieras a la cabeza de Iztaccíhuatl, que te iba a engañar el seso y a llevarte al sueño para matarte de frío.

Lo miré desconcertado mientras me echaba encima una tilmatli y me abrazaba para que dejara de temblar de frío. Las cosas fueron volviendo a su lugar. Yo seguía en la tierra de la señora Iztaccíhuatl, podía ver la boca del agüero donde me había refugiado para cubrirme y también a Sihuca, muerto y tieso. Pero mi seso seguía confundido.

¿Qué había sido verdad y qué mentira? ¿El sueño comenzó cuando me arrastré por el agujero y salí al pie de Tenochtitlan? ¿Habían sido visiones lo vivido ahí, el encargo de Tonatiuh y el atomiyo, haber enfrentado a Tzoyectzin, Temoctzin y Tzilacatzin? ¿Era mentira la mujer oscura? ¿Eran mentira Nochipa y su tata en aquella cueva?

Yuma y la guerrera flaca me pusieron de pie y me hicieron bajar hasta la cintura de Iztaccíhuatl, donde tenían lista la fogata. Me ayudaron a recostarme y me dieron un jarro de atole caliente. Lo bebí despacio, todavía pensando que aquello podía ser un engaño de Mictlantecuhtli para reírse de mí cuando lo desvaneciera todo, a Yuma, la guerrera flaca, la fogata, el atole, y entonces sí verme en el Mictlán. Fui cerrando los ojos, adormecido, pero volvía a abrirlos para que no se desvaneciera nada. Pensaba que uno y otro sueño tenían su cosa mala y buena, malo haber ayudado a los enemigos nuevos a vencer a los otomíes y que Zayetzi se hiciera humo en casa Tlaxicco, bueno que nada de eso fuera cierto. Malo seguir ahora en la tierra de la señora Iztaccíhuatl, sin haber recorrido el camino para encontrar a Huemac, que Sihuca estuviera muerto. Bueno no haber matado a Yuma.

Me dejaron dormir y los escuché hablar bajito, cuando desperté seguían ahí, no se habían desvanecido ni ellos ni la fogata ni el atole. Comencé a contarle a Yuma mi sueño vivido en Tenochtitlan; me escuchó sin asombro. Una vez que terminé, puso sus ojos de párpados caídos y habló:

—Opochtli, ¿cómo podrías reventarme la cabeza? Eres mi amigo mío de mí. Ya te digo que el frío de la señora Iztaccíhuatl te confundió los sesos. Llevabas hierbas de tepechian, ¿las masticaste? Sabes que son engañadoras. También te dije que a ese perro lo había enviado Mictlantecuhtli. El perro te llevó por el agujero al Mictlán, donde viviste los tormentos que me cuentas.

—¿Qué tormentos? Mictlantecuhtli y su señora nunca me mordieron.

—Tus tormentos fueron guerrear del lado de tu enemigo y tu mujer quemada en casa Tlaxicco. Los tormentos no fueron los de la carne, Opochtli, fueron los de tu tonalli.

La mujer quiso saber qué hablábamos, y él, como siempre, se lo contó tan esmerada, tan sumisamente que empecé a sentir que de verdad había despertado. Pero siempre recordaría las palabras del tata: «piensas que estar despierto y soñar son cosas separadas, pero hay algo de una en la otra. No hay modo de despertar sin soñar, ni soñar sin despertar».

48

No quisimos movernos de la fogata y esta vez los tres nos quedamos dormidos. Yo todavía recordaba que mis pies habían pisado las calles de Tenochtitlan, tal vez tanto quería regresar que de eso, de Tenochtitlan, se pintó el camino hacia el mundo de lo oscuro. No todo fue malo ni tormenta, allá estaba el viejo Tlaneci dándome su octli invisible, riendo alegre y llevándome de vuelta del Mictlán a lomos del perro grande. ¿Pero quién puede regresar del Mictlán? Nadie. Tal vez Sihuca se había encariñado conmigo, traicionó a Mictlantecuhtli y me trajo de vuelta a este otro sueño. El pobre no pudo volver de veras. Me sentí triste. Echaría de menos algunas de esas buenas visiones, como a la mujer oscura y su canto: «Si puedes caminar, puedes bailar. Si puedes hablar, puedes cantar...». Echaría de menos haber visto de nuevo los templos, los ríos, los puentes, mi calpulli, mi casa, aunque Zayetzi no estuviera ahí. Luego lo pensé mejor, de alguna sustancia es que se forman los engaños, Yuma tenía razón, mis engaños nacieron de la cabeza de la señora Iztaccíhuatl y de las hierbas de tepechian. También recordé que cuando encontré por primera vez a Yuma y lo llevé a la cueva donde se refugiaba me contó muchas cosas de los enemigos nuevos, de su forma de hablar y de vivir, de su dios de los brazos estirados y de los pies juntos. De todo eso me formé la sustancia del engaño.

No estés triste, me dije en mis adentros, ¿no lo ves? Tu camino a Tenochtitlan todavía puede ser caminado, tu mujer te sigue esperando y Tenochtitlan todavía no se rinde del todo. No pienses que Huemac es sustancia de engaño. Tzoyectzin, Temoctzin y Tzilacatzin son guerreros verdaderos que tú llegaste a conocer. No hay razón para pensar que ya han sido derrotados. ¿Te das cuenta, Opochtli? No fue Yuma quien se dio por vencido, fuiste tú que dudaste de ganar la guerra, por eso los pensaste muertos y al señor Tonatiuh sirviendo a los enemigos. Mucho te ha podido lo que te contó Yuma de Moctezuma, su sumisión y su derrota, pues si el tlatoani sucumbe, qué pueden hacer el resto de los mexicas. Pero has despertado y no vas a dejar de caminar a Tenochtitlan. No lo harás, no lo harás...

Fue tarde para agarrar el pedernal y defenderme, los enemigos nuevos eran muchos, estaban con nosotros en la fogata, pero también más allá, limpiando el lomo de sus perros grandes, unos sentados en las piedras, aflojándose sus largas cactli, reposando las armas, hablando entre ellos con ese modo fuerte y tosco que tenían. La guerrera flaca se decía palabras con el que parecía el guerrero principal. Él nos miraba a Yuma y a mí. Otro de sus guerreros revisaba las cosas que traíamos, las cosas de ellos que yo había tomado después de que combatieron y quedaron muertos afuera de la cueva. Ese guerrero se las mostró al principal. Pensé que la guerrera flaca debió decirle cómo habían sido las cosas, y él no dijo más. Al poco rato ya estaban todos junto a la fogata, comiendo y bebiendo lo que traían consigo. Ninguno nos miraba con enfado, tal vez nos pensaban totonacas o sólo era que dos viejos y una triste mujer flaca no les parecíamos de cuidado. Yuma me habló bajito:

—La conocen, estaremos bien. Nos llevarán con ellos.

A mí eso no me pareció buena noticia y se lo dije. Para Yuma ése era el viaje que buscaba desde que lo encontré, buscaba ir con ellos y cumplir su buen papel de atlépetl, el que llega a acuerdos con los enemigos para evitar la guerra y ganarla por las palabras.

Después de mucho rato dispusieron sus cosas y nos hicieron subir a una jaula que uno de los perros grandes arrastraba. La jaula no estaba cerrada, así que yo esperaba pegar un salto y correr entre los árboles tupidos cuando fuera mi oportunidad. Yuma y la mujer hablaron, quise saber de qué.

—Xanat dice que iremos donde tienen sus casas con las que llegaron del otro lado del mar.

Ésa me pareció una buena razón para no saltar de la jaula, conocer sus casas quizá me serviría para decírselo a Huemac, y ya no sólo a él; había cavilado que la visión que tuve de los otomíes podía ser un consejo de Huitzilopochtli, buscar guerreros bravos como Tzoyectzin, Temoctzin, Tzilacatzin y Huemac para que echaran a los enemigos con todo y sus casas, sus armas y su dios de los brazos estirados y los pies juntos. Yo les ayudaría en todo lo que pudiera. Ahora que lo pensaba bien era bueno que a esa gente yo no les pareciera peligroso. De haber estado ahí un Tzilacatzin o un Huemac lo habrían amarrado fuertemente.

Fue larga la travesía, de muchas puestas en el cielo del señor Tonatiuh y la señora Coyolxauhqui. Hicimos fogatas en una y otra montaña que mis ojos nunca habían visto, lo que me causaba desasosiego, pues al no conocer sus nombres no podía hilar qué señora era esa montaña, cómo cuidarme de ella ni qué palabras decirle para agradarla. Yuma no parecía preocupado por eso, el pobre tonto parecía un niño contento al que le han dicho que lo llevarán a un lugar de retozo, uno con flores, juguetes y colibrís revoloteando en su cabeza. Yuma hablaba largamente con la guerrera flaca, cada vez con más palabras de las que ella usaba. Y hasta llegó a hablar también con el guerrero principal, quien lo escuchaba y le respondía con buenos modos, lo cual me hizo entender que sí, que Yuma tenía razón: era un buen atlépetl. Aunque esto para mí no tuviera valor, pues un guerrero no lanza dardos de palabras ni hiere al otro con otra cosa que no sea un pedernal.

La guerrera flaca le dijo de nosotros al principal que Yuma era un atlépetl y yo un fabricador de jarros. Protesté, pero entendí; ella no quería que me vieran con recelo. También les dijo que mis armas mexicas las había encontrado como encontré las de ellos. Quisieron saber cómo es que había vivido escondido tanto tiempo en los cerros sin que me tragasen las bestias. Ella les contó que los mexicas éramos diestros para vivir de ese modo. El principal se maravilló y le dijo que no dejaba de sorprenderle que un mexica estuviera escondido desde que cayó Tenochtitlan. Enfurecí al oírle decir eso, tal vez ese principal no quiso decir que cayó Tenochtitlan, pero la guerrera flaca ya no quiso discutir conmigo.

—¿La escuchaste, Yuma? Tú que la entiendes mejor, ¿es eso lo que dijo, que cayó Tenochtitlan?

—Opochtli, es verdad que llevas mucho tiempo en los cerros, yo mismo te lo dije; me sorprendió que no supieras lo de Moctezuma. Eso fue hace tiempo.

—Tenochtitlan no ha caído.

Me miró con lástima y de nuevo me dieron ganas de partirle la cabeza.

49

Muy temprano llegamos al lugar de mucha arena, nunca la había visto ni pisado, me quité las cactli para sentir los pies y lo mojado, mientras el aire me picaba el respirar. La arena se me metió entre los dedos de los pies como el barro mojado, como niños que corren a abrazarte, pequeños y risueños, como si la tierra que antes había pisado en Tenochtitlan estuviera separada y ahora se abrazara toda junta para mis pies. Los enemigos nuevos me miraban risueños por mi sentir. Ellos no sabían que ése era el sentir mío de mí.

Yo sabía de la arena desde antes, porque los caminadores que llegaban a Tenochtitlan nos contaban del mar, tamemes que de las aguas sacaban peces de todas formas y tamaños. Tamemes que corrían veloces para dárselos a otros tamemes y éstos a otros, hasta que los peces llegaban casi recién sacados de las aguas a la mesa del tlatoani. Y él les daba sólo una mordida si no tenía hambre.

Ahí estaba ahora, maravillándome del mar y su rugir, de sus brazos que venían y se iban levantándose muy alto. Más me maravillaba aún ver los perros grandes de montar a la orilla de las aguas que les mojaban las patas sin arrastrarlos a lo hondo. Y más maravilloso fue mirar aquellas dos grandes casas de los enemigos nuevos sobre las aguas sin hundirse, largas, fuertes, fortificadas y tronadoras de su materia hecha del duro hueso del árbol. En lo alto de las casas flotadoras los hombres hacían mucho ruido, caminando y laborando. Pronto miré otra cosa, un puñado de totonacas corriendo hacia un montón de cadenas amontonadas en la arena, iban y se las arrebataban entre ellos mostrándoselas a uno de los enemigos nuevos. ¡A mí! ¡A mí!, le suplicaban. ¡A mí, tatita, a mí!, en algo parecido al habla mexica; al oírlos hablar supe que no eran totonacas, así que los pensé gentes de esas tierras lejanas junto al mar. El guerrero se los apartaba a empujones, señalaba a los más fuertes y jóvenes, éstos se apresuraban a ponerse ellos mismos los aros de las cadenas en los pies. El guerrero los empujaba para que se fueran caminando hacia el puente que subía a una de las casas grandes. Subían despacio, pues las cadenas entre sus pies les impedían andar deprisa. Allá arriba eran recibidos por otros enemigos nuevos. Mucho fue mi desprecio, me prometí que cuando ganáramos la guerra encontraría gentes así de suplicantes y les sacaría sus corazones derrotados. Un corazón derrotado es más triste que un guerrero vencido porque el guerrero muere de las heridas y el corazón derrotado de vergüenza.

—Éstos —le dije a Yuma— son como el tlatoani Moctezuma, muy dispuestos a ser tumbados como hembras en el petate de los enemigos, ¿cómo es que no les temen?

—Porque a quienes han temido es a nosotros los mexicas. ¿Qué enemigo puede ser peor?

No podía decirle que no era verdad.

El guerrero principal nos hizo subir a esa misma barca, por delante de él. Y ya en lo alto miré hacia abajo, donde se habían quedado los perros grandes, los enemigos y sus suplicadores. Caminamos el suelo de la casa por lo largo y ancho, donde había guerreros sin armas y sin atavíos, bebían y jugaban cosas. Al ver a la guerrera flaca comenzaron a reírse de ella y a alcanzarle el cuerpo con las manos, tocándole las nalgas y los pechos, bruscamente; se la arrebataban entre ellos. Yuma trató de impedírselos, uno se le fue encima, pero el guerrero principal no le permitió matarlo.

Yuma y el principal se dijeron palabras, la última del principal, hizo que Yuma mirara sorprendido a la guerrera flaca, como si aquél le hubiera dicho algo de ella que lo lastimara tanto como el pedernal metido en el corazón de un hombre. Entonces Yuma no la miró más.

El guerrero principal nos hizo entrar a una de las habitaciones, donde había otros tres como él, a la mesa. La guerrera flaca trabó palabras con ellos, señalándonos a nosotros, sobre todo a Yuma, éste les habló lo que pudo y uno de ellos le puso una mano en el hombro, como si se hubieran hecho amigos. Después uno de los guerreros nos llevó a Yuma y a mí a otra de las habitaciones donde nos sentamos, el guerrero nos dio la comida y la bebida que acostumbran y nos dejaron solos. Yuma masticaba despacio, yo lo miraba esperando su decir, respetando su duro silencio, hasta que habló.

—Iré con sus guerreros a enseñarles dónde escondimos todo lo que su gente sacó de casa de Moctezuma, todo eso que ellos quieren, todo lo valioso. Lo que ellos llaman oro.

—¿A cambio de qué?

—¿Por qué siempre vuelves con esa pregunta, Opochtli?

—Porque Moctezuma hizo lo que tú y de nada le sirvió.

—Habrá de servir para poder llegar a acuerdos. No preguntes más, tú no sabes de esto, tú sólo te fías de matar las carnes, si todos fueran como tú no habría más hombre vivo.

—Entonces, ¿por qué no pareces contento, Yuma? ¿No es esto lo que querías?

—Una cosa es el contento y otra el deber.

—Ya sé lo que tienes. El enemigo te dijo algo de tu amiga, la guerrera flaca.

Me miró y volvió a comer.

—No es malo el octli que beben —dije y bebí—, eso sí se los acepto. Lo demás no. Sólo su octli y sus perros grandes de montar.

—Cállate ya, Opochtli. ¿No te bastó haber conocido ya el Mictlán para cambiar tus modos?

—¿Por qué habría de cambiarlos?

—Por humildad.

—La humildad es enemiga de la guerra.

—Guerra, ¿qué guerra? Mira bien, ¿has visto ya el tamaño de estas casas? ¿El poder que las mueve para venir flotando en el mar desde lejos? ¿Viste todo lo que cabe aquí?; sus animales, armas, gente. Y sus armas, ay, sus armas, ¿cuándo nosotros hemos tenido algo semejante? Y un solo dios, Opochtli, uno capaz de ser bueno y de todos modos atormentar como si fuera el más furioso.

—Qué rápido olvidas lo que tenemos nosotros, Yuma, a nuestros conocedores de los cielos, a los nahualli que, por si no lo sabes (y esto me lo enseñaron en el Mictlán) los hay capaces de curar todo lo malo y de ver lo que vendrá. Esta gente, mírala bien, es sucia, apesta, tú me has dicho que tienen esa arma de lo sucio y que con ella mataron a Cuitláhuac pudriéndole su cuerpo. Tú miraste cómo querían forzar hace un rato a tu amiga la guerrera flaca, ¿cuándo has visto algo así entre nosotros?

El que le nombrara a su amiga lo volvió a poner triste y rabioso, pero luego volvió a hablar.

—Yo veo lo bueno de ellos y lo bueno de nosotros. Juntos lo tendríamos todo, sus casas que se mueven en el mar, sus armas, sus ojos de mar, su imprudencia cuando la modestia estorba, su dios bueno. Todo sin dejar a nuestros dioses, nuestro cariño por los tatas y los nenes, el seguir hablándole al maíz para que crezca y pedir permiso como se debe a la bestia antes de matarla y comerla, nuestros templos y los suyos juntos.

Me eché a reír y me serví más octli de los enemigos nuevos.

—Eres como Nezahualcóyotl, Yuma, un yollopoliuhqui que tropieza hasta con las nubes. ¿Cuándo has visto que unos guerreros que pelean contra otros no terminen de vencerlos y aplastarlos? Sólo se quedan con algunas de sus cosas, pero nada más. Ahora te pregunto yo, ¿masticaste tepechian?

Le serví un tarro del octli rojo de los enemigos nuevos.

—Bebe, de veras está bueno, con esto sí nos quedaremos.

No pudo evitar que lo contagiara mi sonrisa. Bebió conmigo.

—Es una ahuianime —dijo de repente.

Lo miré asombrado.

—Ríete ya de mí, Opochtli.

Y eso hice, reír, reír mucho y servirme más octli rojo de los enemigos nuevos.

—¿Dónde quedó que ella se caía al suelo para ir a hablar con el dios bueno o con nuestra señora Tlazoltéotl? ¿Dónde que era una guerrera, porque, según tú, también las había?

—Cállate ya.

—Tienes que aceptar que te engañó…

—También a ti.

—A mí nunca. Pero ahora lo entendemos todo. Es una consoladora de hombres. Lo que no entiendo es por qué eso te puso triste y furioso, nuestras ahuianime hacen lo mismo y es algo bueno y necesario.

Yuma no me respondió. No es que le enfadara que la guerrera flaca fuera una ahuianime, sino que el tonto la había imaginado en su calpulli, mirándolo llegar de la batalla, no de la guerra porque son cosas distintas; la guerra se pelea entre los hombres, la batalla es del hombre contra la vida. Así la había imaginado él, descalzándole, hablándole como a su señor Yuma, preparándole las tortillas, los dulces que da la tierra, regañándolo si hacía falta, cuidándolo si estaba enfermo, cosas así y no otras como cuando el mexica se apersona en la casa de Xochiquetzal, donde las ahuianime le dan ese gozo que pronto se olvida. Eso era lo que había roto a Yuma, a su corazón de viejo.

Nunca me pasó que mis ojos fueran tan filosos como el pedernal, porque miré con pena a Yuma y Tláloc le mojó los ojos.

50

Yuma y los enemigos nuevos no volvieron pronto. Esto tenía furiosa a la gente, así me lo llegó a decir el guerrero que me llevaba la comida y la bebida al lugar donde me pusieron. El cuarto tenía un agujero por el que podía mirar el cielo y el mar juntándose hasta perder su forma separada, ahí estaba un jarro ancho que ocupaba para desalojarme, lo sacaba y limpiaba no el guerrero sino uno de aquellos llorones que habían suplicado ser subidos a la casa que flota. Ése se llamaba Naolin y le ayudaba al guerrero a hablar el mexica; el guerrero quería saber cosas de nosotros, de ese modo fue que le conté del calmécac y el telpochcalli, donde aprendían los hijos de los principales y los que no lo eran. Le hablé de los días buenos y malos para cosechar, de las muchas formas del nahualli, aunque la mitad de lo que le dije no era cierto, pues yo no era un conocedor como los grandes sabedores. Él decía que juntaba todo eso para regresar y contárselo a su gente del otro lado del mar, yo me reía en mis adentros, pues su gente sabría las cosas como las creó Opochtli y no como las hicieron los dioses.

A veces se iba y dejaba a Naolin para que habláramos, pero él no era de mucho decir, sólo me repetía lo de siempre:

—Si tu amigo no regresa te van a degollar.

Yo no me había puesto cadenas como aquellos tontos, pero si los enemigos lo querían moriría no como Guerrero

Águila, sino como zopilote viejo en una jaula que crujía meciéndose en el mar. Nada de morir acurrucado entre las piernas de la señora Iztaccíhuatl y después luchar con el señor Popocatépetl para quedarme con ella.

Una vez que la señora Coyolxauhqui se levantó en el cielo pensé llegar al puente y bajar aprovechando la oscuridad; ya me veía corriendo, aunque no supiera hacia dónde, para buscar a Huemac. Pero la puerta tenía tranca y afuera escuché tronar los tirafuego, después hubo lamentos. Naolin volvió de día y me dijo que los guerreros se habían disputado quién se quedaría con lo que trajera Yuma. La pelea fue feroz. Los señores principales habían matado a esos guerreros inconformes y echado sus cuerpos al mar envueltos en tilmatli blancas, amarrados con cuerdas, luego de que un guerrero les hizo la señal de su dios.

Para el asombro de todos, Yuma y los guerreros volvieron ese día temprano, cargando en los perros grandes las riquezas que los mexicas escondieron bajo las aguas del río, cerca de Tenochtitlan, cuando se las quitaron a los enemigos nuevos que antes se las habían llevado de casa de Moctezuma. Eran tantas las riquezas que los perros llegaban doblándose de patas. Pero no sólo traían jade y lo que llaman oro, también mexicas vencidos; hombres, mujeres y niños, pocos guerreros, armas nuestras, jarros, telas, cacao, hierbas, pájaros, flores y adornos que tenían en sus casas. Todo lo subieron a las dos casas grandes. Arriba era un ir y venir, un trajinar, los guerreros, vigilados por sus principales, se ocupaban de llevar las riquezas donde éstos les decían, sin quedarse nada para ellos; todo a las entrañas de las casas. Luego los dejaron tener fiesta. Comenzaron a beber octli en abundancia, a reír y a dar voces de festejo. Yuma bebió con los principales y habló como si ya fuera uno de los suyos. Nadie se fijaba en mí. Busqué a Yuma y le dije que nos fuéramos, pero me dijo que todavía tenía cosas que hacer. No supe si quería quedarse por la guerrera flaca o por ser atlépetl, ya no le discutí.

Antes de irme quise mirar las entrañas de la casa que flota, cuando regresara a Tenochtitlan yo también quería contarles a los mexicas todo lo visto. Entonces bajé, encontré a la guerrera flaca y a otras festejando con los guerreros, bebiendo como ellos, dando risas por igual. La mujer dejó de reír cuando me vio, se puso triste y seria, pero luego volvió a lo suyo.

En uno de los cuartos encontré a los que se pusieron las cadenas, amontonados y tristes, pidiéndome comida y agua. En otro sitio miré algo de lo que los enemigos habían subido, los jarros, los atavíos, los pájaros coloridos en jaulas de madera, la riqueza de la casa del tlatoani Moctezuma, y pensé en él, lo imaginé llorando.

Ya estaba por irme, pero un grito paridor se escuchó al fondo, fui y encontré a los mexicas en otro cuarto grande. Me miraban derrotados, curiosos de verme de pie y entero, pues ellos se veían machacados, pero ninguno para morir pronto o no lo hubieran subido a la casa que flota. Entre ellos se curaban las heridas, como cuando los perros se las lamen, no había uno solo de pie, estaban sentados o acostados y encogidos como queriendo volver al vientre de sus madres.

—¿Hay un Huemac aquí? —pregunté temeroso de que así fuera—. ¿Un Tzoyectzin? ¿Un Temoctzin? ¿Un Tzilacatzin?

Nadie me respondió y me sentí en paz.

Más allá, arrinconadas, dos mujeres ayudaban a la paridora a echar al nene, una le acariciaba la cara mojada de sudor revuelta de cabellos, la otra estaba con las manos metidas entre sus piernas, pidiendo al nene: ¡Échalo!, decía, ¡ya quiere venir de allá! ¡Ya quiere mirar lo que hay aquí! ¡Ya quiere!

La paridora pegó más gritos y la mujer terminó de sacarle al nene, lo levantó por los pies, me llenó de asombro verlo, pues era pálido como los enemigos nuevos y no del color de su madre mexica. Las manos de la paridora lo pidieron, se lo puso en el pecho y le despejó a la mujer los cabellos de la cara. Entonces, al mirarla quise despertar, como cuando

Yuma me dijo que había estado en el Mictlán, quise estar allá y que todo esto fuera el sueño, pero seguía ahí mirando a la mujer dolida y contenta, hasta que le dije su nombre para ver si así se desbarataba. Ella me miró y dijo el mío, su voz hizo que se desbaratara mi tonalli mía de mí. Corrí a arrebatarle al nene de los brazos para azotarlo contra el suelo, pero una mano me tocó el hombro, giré, era uno de los enemigos nuevos. Me sonrió borracho de octli. Le saqué el pedernal de su sitio y se lo metí en la garganta todas las veces que pude, sacando en él la furia de lo que acaba de mirar.

Volví por el nene, pero Zayetzi lo abrazó temblando y yo me quedé mirándola mientras del pedernal chorreaba la sangre de mi enemigo.

51

Ahora estaba amarrado de manos a un palo clavado en la arena, las aguas iban y venían mojándome los pies. Al principio habían sido como caricias de mar, un consuelo por cómo los enemigos nuevos me habían reventado la cara por haber matado a uno de los suyos, pero el agua ya era tormenta que me iba carcomiendo los pies. Yo miraba desde ahí las dos casas grandes y se moría mi tonalli pensando cómo los enemigos habían ganado la guerra, no sé si a los mexicas, pero sí la mía con ellos, poniendo en el vientre de mi mujer a mi enemigo.

Mandaban a Naolin a acercarme un jarro de agua, me había dicho que pronto me matarían por lo que hice. No tenían prisa. Ésa vez le pedí que lo hiciera él, pero dijo que sólo lo haría si los enemigos se lo ordenaban.

—Trae un pedernal y pásamelo por el cuello —insistí.

—¿Qué prisa tienes en morir, mexica?

—Un guerrero vencido no vale nada y uno humillado, todavía menos.

Naolin sería el último hombre con el que podría hablar, así que le conté cómo me perdí haciendo mi camino a Tenochtitlan. Debió conmoverle mi decir, porque sus ojos me miraron con tristeza.

—¿Quieres que te diga algo, mexica? Esa mujer tuya no tuvo culpa de parir a uno de ellos. Fue tomada como muchas.

Pero si eso no te consuela voy a ayudarte, traeré el pedernal, no para pasártelo como me pides, sino para que tú mismo lo hagas. Y algo más, voy a buscar la forma de que tu mujer venga con el jarro de agua, podrás pasarle el pedernal a ella primero.

Cumplió su palabra. Una de las veces que vino enterró en la arena, junto a mis pies, el trozo de pedernal. No me sería fácil tomarlo, pero podría hacerlo. Naolin no volvió más, yo esperaba a mi mujer. No me quitaba de la cabeza al nene pálido ni a ella mirándolo con ojos bonitos, como las muchachas miran lo pequeño y sus ojos se les vuelven dulces y llenos de bondad.

Esa noche me puse malo, el cuerpo comenzó a temblarme. Le supliqué a Mictlantecuhtli que no tuviera prisa. Mis ojos siempre estaban puestos en el camino por el que debía venir mi muchacha. Comencé a esperarla con el mismo afán que cuando la quería volver a ver, pero luego de haber ganado la guerra, no al haber perdido mi última batalla. De tanto esperarla y de tanto temblar a quien vi llegar primero fue a Naina, la mujer oscura, y luego a Nochipa; una y otra me acercaban el jarro de agua a la boca y yo lo que bebía era arena. ¿Lo vez, tonto Opochtli? ¿Por qué no te quedaste con una de nosotras? Bebe, bebe más arena, ¿no tienes sed? Bebe. Muere ya, podrás escoger a una de nosotras en tu camino hacia el Mictlán. ¿A cuál quieres? Y yo hablaba solo y reía: eres fea, Nochipa, siempre te estaría comparando con mi muchacha. Y tú, Naina, eres tan oscura que de noche no te vería... Dices disparates, viejo Opochtli, bebe, bebe más arena y muere ya. Muere ya.

—Bebe, tienes la boca seca...

—Es arena.

—Es agua, ¿no lo ves?

Miré el jarro, Zayetzi decía la verdad. Ya no era la arena que me habían dado a beber las visiones. Era el agua fresca del jarro que mi muchacha me acercaba a la boca y la refrescaba.

La furia se me iba apagando al ver que también a mí Zayetzi me miraba como al nene que parió, como las muchachas miran lo pequeño y sus ojos se les vuelven dulces y llenos de bondad.

—Te quise esperar, Opochtli, te quise esperar —dijo y se le mojaron los ojos.

Moví la arena y miró el pedernal.

—¿Me lo pasas ya, Zayetzi?

—Viejo tonto. No haría algo así.

—Hazlo ya.

Dijo que no con la cabeza, sin dejar de derramar la tristeza de sus ojos.

—Corta entonces la cuerda, ayúdame a poner de pie, nadie ve. Nos iremos juntos.

Volvió a mirar el pedernal, pero luego miró la casa grande y flotadora, los ojos se le llenaron de vacío. Supe que no podía dejar ahí al nene, ni siquiera por mí.

—Cuídate, mi señor de los vientos.

Se puso de pie y se fue. La miré caminar hacia el puente, subirlo y perderse en la casa grande. Volví a mi tristeza mía de mí. No habría podido pasarle el pedernal a mi muchacha. Lo tenía ahí cerca, podía cortar las cuerdas y luego hundírmelo, pero la tristeza no me daba ni para eso. Me vinieron al seso esas veces que Zayetzi y yo anduvimos el camino, Tenochtitlan se dejaba caminar y era fácil hacerse de flores y reír sin que todo se volviera humo ni visión, porque Tenochtitlan era muy verdadero. Pensando en esto dormí. El agua del mar en mis pies se hizo tibia porque Tonatiuh brillaba alto.

Me despertaron las voces de los enemigos caminando en lo alto de las casas grandes, ya para irse. Yuma vino por el camino, se inclinó, tomó el pedernal.

—¿Te lo han encargado a ti? Me parece bien, amigo mío de mí. Hazlo.

Cortó las cuerdas de mis manos y dijo:

—¿No acabas de entender que un atlépetl llega a acuerdos con los enemigos por las palabras? Les traje todo lo de casa de Moctezuma, a cambio les pedí que te dejen ir. Ése, al que mataste, ya había intentado robarles las riquezas. Puedes irte ya.

—¿A dónde vas tú? —le dije cuando se dio la vuelta.

—Todavía hay muchas palabras que decirles a los principales.

Entonces, Yuma, como Zayetzi, subió el puente de la casa grande. Éste se recogió y la casa se fue alejando hasta que se perdió en el mar. Ahí se iban mi amigo y mi muchacha. La otra casa grande todavía no se iba, algunos enemigos nuevos seguían abajo, subiendo las últimas riquezas. De pronto llegaron suplicadores y cogieron las cadenas que se amontonaban por ahí. ¡A mí, tatita, a mí! ¡Llévame a mí!, comenzaron a decirles a los enemigos. Entonces, me puse de pie, fui y arrebaté las cadenas. ¡A mí, tatita, a mí!, le pedí a mi enemigo. Empujé a unos cuantos para insistirle. ¡A mí, tatita, a mí!

Debió verme terco, porque me dejó ponerme las cadenas en los pies y subir el puente de la segunda casa grande. Arriba me sentí contento en cuanto la casa se apartó hacia el mar. Iría a esa tierra de los enemigos nuevos a traer a mi muchacha y a su nene pálido, porque ella era mi mujer, mi camino a Tenochtitlan.

GLOSARIO

PALABRAS EN NÁHUATL

Lugares

Calpulli	Casa o sala grande.
Chichihualcuauhco	«Lugar del árbol nodrizo».
Mictlán	Lugar de los muertos.
Telpochcalli	«La casa de los jóvenes», escuela a la que asistían niños y jóvenes.

Dioses

Chalchiuhtlicue	Diosa de los lagos, ríos, manantiales entre otros cuerpos de agua. Su nombre significa: «la que tiene su falda de jade».
Chantico	Diosa del fuego terrestre o doméstico.
Chicomecóatl	Diosa de la subsistencia.
Cintéotl	Dios del maíz.
Coyolxauhqui	Diosa de la luna. Utilizado como nombre significa «pintada con campanas».
Huitzilopochtli	Dios de la guerra, advocación solar y patrono de los mexicas, su nombre significa «colibrí zurdo».
Itzpapalotl	Mariposa con alas de obsidiana, diosa de los grupos tolteca-chichimecas en el norte de Mesoamérica.
Mictecacíhuatl	Diosa de la muerte.
Tlacotzontli	Dios del camino.
Tonatiuh	Dios del sol, «el señor del día».
Xochiquetzal	Diosa del amor.
Yacatecuhtli	Deidad protectora de los viajeros.

Objetos

Átlatl	Arma, propulsor de madera.
Cactli	Zapatos.
Chimalli	Escudo.
Ichcahuipilli	Armadura de algodón para la guerra.
Macuahuitl	De *maitl*, «mano», y *cuáhuitl*, «madera» o «palo», bastón de madera de cerca de setenta a ochenta centímetros de largo, provisto de navajas de obsidiana.
Maxtlatl	Prenda de vestir masculina usada por los antiguos nahuas, que cubría la cadera y colgaba por delante hasta los muslos.
Tematlatl	Honda para tirar piedras.
Tepoztli	Cobre o hierro.
Teocuitlatl	Plata.
Tilmatli	Manta.

Oficios / ceremonias

Cuicani	Cantor.
Huauhquiltamalcualiztli	Ceremonia en la que se ofrendaban tamales (huauquiltamalli) en las sepulturas de los muertos o al numen del fuego en el mes de Izcalli.
Nahualli	Brujo.
Patecatl	Descubridor de las raíces de ocpatli, «medicina del pulque».
Tameme	Cargador, particularmente el que lleva su carga sobre la espalda.

Tata	Padre o abuelo.
Temachtiani	El que enseña, predicador.
Titici	Médico.
Tizoc	«El que hace los sacrificios», «el que hace penitencia», «el que sangra».
Tlahuanqui	Borracho.
Tlamacazque	Espiritado «consagrado a los dioses».
Tlatoani	«El que gobierna».
Xochihua	Hombres que se vestían como mujeres.
Yaya	Abuela.
Yollopoliuhqui	Loco, de mal consejo.

Naturaleza / animales

Chichi	Perro.
Ilhuicatl	Cielo.
Ozomatli	Mono.
Papalotl	Mariposa.
Tecuani	Jaguar.
Tonalli	Sol, día o destino. Hace referencia a lo que habita dentro de las personas que no es corporal.

Plantas / bebidas

Copalxocotl	La corteza y fruto del copalhi, utilizados, entre otras cosas, para el aseo.
Octli	Pulque.

Ololiuhqui	(También *ololiuqui*) especies de enredaderas de la familia de las convolvuláceas, con flores blancas en forma de campana, cuyas semillas tienen propiedades alucinógenas y curativas.
Yolloxochitl	Magnolia mexicana de forma parecida al corazón.

◆◆◆

Teicnoittaliztli	Piedad o compasión.
Teyolia	Alma o ánima.
Tzitzimime	Demonio.
Tzontemoc	Señor del infierno.
Yolpatzmiquiliztli	Epilepsia.

◆◆◆

Fuentes

Arqueología mexicana: https://arqueologiamexicana.mx
Diccionario del Español Mexicano: https://dem.colmex.mx
Gran Diccionario Náhuatl: https://gdn.iib.unam.mx/
Mediateca INAH: https://mediateca.inah.gob.mx
Museo Amparo: https://museoamparo.com/